JN172511

トリガー　下

真山 仁

角川文庫
22591

目次

主な登場人物

冴木《さえき》治郎《じろう》　調査事務所所長・元内閣情報調査室長
冴木《さえき》怜《れい》　冴木の養女、冴木の調査事務所の調査員
内村《うちむら》　冴木の下で働く調査員兼ハッカー
外村《そとむら》　傭兵上がりの冴木の部下
中村《なかむら》隆《たかし》　警視庁捜査一課第四係係長・警部
望月《もちづき》礼子《れいこ》　警視庁捜査一課巡査部長
藤田《ふじた》陽介《ようすけ》　警視庁警備部警護課第五係巡査部長
戸村《とむら》　警察庁警備局五輪警備対策室次長
坂部《さかべ》守和《もりかず》　内閣総理大臣
大森《おおもり》素平《そっぺい》　内閣官房長官
早見《はやみ》雅司《まさし》　国家安全保障局審議官
嶋津《しまづ》暁彦《あきひこ》　国家安全保障局長

亞土《あど》博司《ひろし》　最高検察庁総務部長
チェ・ジェホ　韓国大統領
キム・セリョン　東京五輪馬術競技韓国代表、ソウル中央地検特捜部検事
イ・ジョンミン　ソウル中央地検特捜部主任検事
ノ・ホジン　ソウル中央地検特捜部長
キム・インス　韓国国家情報院次長
チャン・ギョング　韓国国家情報院テロ対策室長
和仁《わに》直人《なおと》／ユ・ムンシク　麻布十番の寺の住職で北朝鮮工作官
コ・ヘス　北朝鮮工作員
丹後《たんご》義人《よしと》／パク・ヒョンデ　北朝鮮工作員
田《た》宮《みや》光《こう》司《じ》／ファン・ジョンジェ　北朝鮮工作員
眠りネズミ　北朝鮮の潜伏工作員
レイチェル・バーンズ　米陸軍国際技術センター・太平洋主任研究員、中佐
リック・フーバー　在日米国大使館特別補佐官
シドニー・パトリック　米国家情報長官

第五章　巻き込まれた男（承前）

9

官邸を出た冴木《さえき》と早見《はやみ》は、霞《かすみ》が関《せき》中央合同庁舎第六号館A棟に立ち寄った。

秘書官に案内されて、最上階まで上がった。

現職時代も含めてこれまで、このフロアに上がったことはなかったなと思いながら、冴木は廊下を進んだ。

最高検総務部長の亞土《あど》が、部屋の前で出迎えた。

「わざわざお運び戴《いただ》き恐縮です」

室内には、もう一人別の男が立って待っていた。

「特捜部長の朝井《あさい》です」

扉が閉められ、四人がソファに腰掛けると、亞土が口火を切った。

「キム・セリョン選手が滞在していた施設のガサ入れが、始まりました」

結構。

「韓国側の反応は？」

冴木が問うと、朝井が答えた。

「つい先程、韓国側の捜査責任者であるイ・ジョンミン検事が現場を訪れ、立ち会いを求めましたが、拒否しました」

韓国側から抗議がくるだろうが、聞き流せばいい。

「それで、我々のカウンターパートはどうなりました？」

「ソウル中央地検特捜部長のノ・ホジン氏と連絡が取れ、窓口役を買って出てくださいました」

朝井は、一般人がイメージしている検事とは雰囲気が違った。体型のせいだろうか、どこかのレストランのシェフのように親しみやすく温厚に見えた。

まあ、こういうタイプが本気になったら一番怖いのだが、信用はできる。

「ついでに、ノ部長にイ検事について尋ねてみました。なかなかの野心家だそうですよ。地検のエースだとも。ところで我々の活動は非公式なものと聞いております。そこで伝令役を入れたいと思います。幸いにも、我が方にも韓国側にも、それぞれの大使館に検事を一等書記官として派遣しています。その二人を使おうと思います」

検察庁や警察庁は、主要国の大使館に、検事や警察庁のキャリアを駐在させている。

それは、こういう厄介事を円滑に運ばせるためでもある。

「ひとまず、キム検事の経歴、事件歴、さらに交友関係などの情報を求める予定です。それ以外に、何かお尋ねになりたいことは？」

「在韓在日米軍についての調査資料を、手に入れてもらいたい。また、ノ部長が、キム検事の捜査状況を、どこまで把握していたのかも知りたいですな。それから、キム・セリョンの立会事務官の聴取をお願いしたい。立会が一番事情を知っているだろうから」

朝井は感心したように頷《うなず》いた。

「本当は、彼女の自宅のガサ入れもしたいところだが、それは韓国側に任せましょう」

「ガサ入れについては、今、検察庁と国情院の間で、どちらが実行するか揉《も》めているそうです」

さもありなん。

「可能な限り、国情院は排除したいな。やつらの目的は、大統領を守り、韓国の名誉を維持することです。そして、アメリカのご機嫌を損ねたくもない。重要な証拠を握り潰《つぶ》す可能性もある」

思った以上に検察庁の動きが良いのに安堵した。

「それで、もう一つの方ですが」

「キム検事とコンビを組んで捜査していた我が方の特捜検事の件ですね」

亜土の表情が硬くなった。

「何かあったんですか」

「狙撃《そげき》直後から、連絡がとれなくなりました。家族を含め所在不明です」

「携帯電話や、メールに反応は？」

「一切応答はありません」

「彼らは国外にいると伺った気がするが」

「そうです。シンガポールのセーフハウスで、匿《かくま》っておりました」

「最後に連絡があったのは、いつですか」

それについては、朝井が代わって答えた。

「キム検事の競技直前です。家族でネット中継を見て、キム検事を応援するというメールが来ました」

「声を聞いたのは？」

「三日前に、Ｓｋｙｐｅで。現地で警護している者によると、五時間ほど前に、家族を乗せたワンボックスカーがセーフハウスを出たのが確認されています。基本、行き先を告げれば、彼らの外出は自由でした」

「行き先は？」

「『ＩＯＮ Ｏｒｃｈａｒｄ』というモールです。しかし、そこに行った形跡はなく、車載のＧＰＳを追ってみると、空港の駐車場でワンボックスカーを見つけました」

「事件を知って、国外避難を図ったということですか」

「私に何も告げずに、避難するとは思えませんが」

特捜部長にすら何も言わずに所在不明になるのは、既にそれだけで充分に深刻な事態だ。

「拉致《らち》、誘拐された痕跡《こんせき》は？」

「そこまでは分かりません。取り急ぎシンガポールの警察庁に連絡を入れて、捜査を依頼しました」

「亜土さん、私としては、もっと情報を戴きたい。検事の名前と経歴。そして、キムとその検事が追いかけていた事件の概要を急ぎご用意ください」

亜土は席を立つと、自身のデスクから小さな封筒を取り出して冴木に手渡した。中からUSBメモリが出てきた。

「当方の検事の名前と経歴に加え、キム検事と二人で調べていた事件概要の全てが、その中にあります」

「助かります。あとでじっくり拝読しますが、端的に言うと、米国の民間軍事会社は、どのような不正を働いたんですか？」

「民間移行に反対する政治家や官僚を買収するために、多額のカネを撒《ま》いていたようです」

10

キム・セリョン検事とタッグを組んでいた日本の特捜検事は、清田貞義《きよたさだよし》といった。慶應義塾大法学部から司法試験に合格。検察官任官後、東京地検を軸に、キャリアを積み上げた三十七歳だ。

五年前に在韓日本大使館勤務を経験している。帰国後、法務省刑事局で国際捜査関係の法整備の部署を経て、今年四月に特捜部に着任した。

「近年は国際的な捜査連携の必要性が増しています。清田君は、そうした案件に対応するために特捜部に赴任しました。そして、ソウル中央地検特捜部長からの合同捜査依頼を受けて、私が指名しました」

ノートパソコンでUSBメモリの情報を見る冴木に、朝井が補足した。

「端緒は、キム検事の情報源からもたらされました。彼女が捜査を主導していて、清田には定期的に報告を上げるように命じておりましたが、そこに記録されているものが、入手情報の全てかどうかは、分かりません。また手に入れた文書には、暗号のような記述が多く、捜査は難航していました。USBメモリの中にオリジナルというフォルダが入っています。そこに情報源によるオリジナルの文書が保存されています」

USBメモリには清田のプロフィールの他に三つのフォルダが並んでいた。フォルダを開くと、ハングル文字のファイル名がずらりと並んでいる。

「情報源は、韓国・朝鮮人ということか」

冴木は、情報源は殺されたレイチェル・バーンズだと予想していた。

「米軍関係者のようです。キム検事に伝えるために、韓国語で書いたようです」

レイチェルは、韓国語が操れたのか。

「日本語というフォルダに、和訳した文書があります」

契約書、覚書、支払明細……と、日本語の文書を見ていく。契約書の一つを開くと、クロアチア総合研究所に対して、ケプラヴィーク平和研究所が、日本国内の米軍基地駐在代替業務円滑化の後方支援費用として、一〇〇〇万ドルを支払うとある。

「クロアチア総研とは？」

「日本には、存在しません。在クロアチア日本大使館にも問い合わせましたが、向こうにも該当する研究所はありませんでした。ダミー会社かと思われます」

朝井は淡々と答える。

「ケプラヴィークの方は、どうなんです？」

「ケプラヴィークというのは、アイスランドの都市名ですが、まったく痕跡を見つけられません」

つまり、ダミーAからダミーBにカネが動いたというだけか。

「口座の捜査は？」

「銀行の口座が分からないため、調べようがありません」

だとすれば、別の方法を考える必要がある。内村《うちむら》に調べさせるか。

「カネの送り主と送り先は、でたらめなのに、契約項目はいかにもだな」

日本国内の米軍基地駐在代替業務円滑化の後方支援費用——とは、民間軍事会社が、日本国内で、在日米軍の代わりに任務に就くための根回し費用という意味だろう。そんな工作ができる人物なり組織なりが果たして我が国に存在するだろうか。

昭和の時代には、政財界で暗躍するフィクサー的な人物が何人もいた。だが、既に彼らの食い扶持《ぶち》がなくなり、闇の紳士たちとつきあう度胸のある政財界人もほとんどいない。

「清田は、民間軍事会社と政府高官を仲介した人物の候補を挙げていますが、特定に至っていません」

候補として挙がっているのは、四人。

冴木が知っている名が二人。後の二人は、外国人だった。

「富小路定綱《とみのこうじさだつな》は生きているが、認知症で自分の名前も分からないぞ」

「ですね」

「土井垣参平《どいがきさんぺい》は、フィリピンで死んだと聞いたが」

「そうなんですか。我々の方では行方不明という情報しか手に入りませんでした」

朝井が外国人二人の名を指さした。

「この、キース・マクガイアは元米軍海兵隊の准将で、現在は軍事コンサルタントの会社を立ち上げています。沖縄駐留が長く、日本語も堪能《たんのう》と聞いています」

名前をクリックすると、プロフィールが出てきた。シルバーグレイの髪をクルーカットにした、いかにも軍人らしいいかつい顔だ。

「このプロフィールには、退役した理由が書かれていないが」

「米国防総省《ペンタゴン》に問い合わせてはいますが、回答がもらえるかは微妙です」

「もう一人は、中国人か？」

「王哲《おうてつ》という名の中国系アメリカ人です。こちらは、兵器関係のブローカー上がりで、民間軍事会社のアドバイザーです」

彼らが、防衛省や日本政府要人にネットワークを持っているとは思えなかった。

「この四人は、どのように浮上してきたんですか」

「防衛省からの協力だと聞いています」

日本の防衛問題について、防衛省は実働部隊であり、国家安全保障についての意思決定機関ではない。日本の防衛問題の根幹は官邸や財務省、そしてNSCが握っている。賄賂《わいろ》を払って自分たちの意向を通したければ、そういう筋に強いフィクサーが必要だった。

「どうも筋が違うな。早見、誰か思いつかないか」

傍観者に徹していた早見は、肩をすくめた。

「私も防衛関係には知り合いが皆無です」

この男は平気でウソをつく。二人になったら締め上げてやる。

「仲介者はともかく、金を払っている側の民間軍事会社くらいはわかるだろう」

地球規模で、軍事の民営化が進んでいる。自国民である正規軍を危険に晒《さら》すことは、政治家にとってはリスクだ。そこで、危険な最前線には傭兵《ようへい》を送り込むという政策が取られるようになっていた。

最も積極的なのはアメリカで、大小合わせて数十の民間軍事企業が、紛争地帯の警備、自国民要人の警護、さらには敵国への攻撃など様々な軍事行為を代行している。

しかし、在韓米軍や在日米軍の規模を代行できるような企業は、世界的に見ても数社しかない。しかもこればかりは、フランスやイギリスなど他国の企業に委託するわけにはいかない。とするとターゲットはおのずと絞られてくる。

「レッドパイレーツ（RP）、アメリカン・ウォーリアーズ（AW）、フォース・オブ・グローブ（FOG）の三社ですかね」

早見が挙げた企業は皆、アメリカ企業だった。

「ただし、これらの企業を特捜部は捜査できません」

検察庁の捜査権が国内に限定されているからだ。

「これらの企業に、日本の出先機関はないということですか」

「少なくとも我々は見つけられませんでした」

朝井としては八方塞《ふさ》がりと言いたいらしい。

清田検事が残した記録にも、資金提供者に関する捜査状況については、何も書かれていないようだ。

「清田氏の記録には、日本の捜査状況しか収められていませんが、韓国側の状況については、資料はないんですか」

「残念ながら。清田も情報を求めたようですが、キム検事は調査中の一点張りだったと」

宿泊施設のガサ入れで、キム検事の情報が手に入るよう祈るしかないか。

11

SPからの報告書に目を通していたジョンミンは、あまりにも乏しい内容にうんざりしていた。手がかりは皆無、しかも文言は全て同じ。すなわち、〝狙撃直前まで不審点なし〟。

バカバカしい。こんなものでは捜査にならない。

手続きと政治的配慮なるものが、ジョンミンの行く手を妨げる。もはや大統領に直談判して、日本の捜査本部に参加できるように頼むしかない。

携帯電話が鳴った。登録されていない番号がディスプレイに浮かんでいる。

「イ・ジョンミンだ」

「大変失礼致します。私、ソウル地方警察庁駐日部隊警部のノ・ソンウンと申します。そちらは、ソウル中央地検特捜部イ・ジョンミン主任検事の携帯でしょうか」

「そうだが」

「チャン・ギョング国家情報院テロ対策室長より、イ検事の下で捜査し、事件解決に当たれと命じられ、現着致しました」

ようやく幸運がやってきたか。

「それは、ご苦労！　それで、どこに現着したんだ」

「馬事公苑《ばじこうえん》の関係者駐車場であります。日本の警視庁が当初、入場を拒否したのですが、我々のカウンターパートである警視庁の担当者に話を通して、事なきを得ました」

ソウル警察庁のカウンターパートが、日本の警視庁にいるのか。なのに、なぜ我が地検には、そういうネットワークがないんだ。

「そこで待っていてくれ。すぐに行く」

そして、パクを迎えに行かせた。


十五分ほどで、パクはむさ苦しい男たちを連れて戻ってきた。

先頭にいた猪首《いくび》で胸板の厚い男が敬礼した。

「ノ・ソンウンであります！」

ノに合わせて総勢六人の男たちが敬礼した。いずれもポロシャツにチノパンというラフないでたちだ。

「この度の痛ましい事件について、我々捜査班全員、慚愧《ざんき》の念に耐えません」

「イだ。よろしく。まず聞きたいのだが、君らはどういう部隊なんだ」

「我々は、日本国内に於《お》いて韓国民が事件に巻き込まれた場合などに、独自に捜査を行う部隊で、市ヶ谷《いちがや》に本拠を置いております」

「市ヶ谷というのは、ここから遠いのか」

「車ですと、四、五十分程度でしょうか」

「公安部か」

日本に駐在している警察官と聞けば、公安関係者しか思いつかなかった。

「いえ、我々は刑事部所属です。公安部からは、別部隊が常駐しています」

「公安は動かないのか」

「その辺りは、分かりかねます。ご存知のように、我々と彼らはけっして良好な関係ではありませんので」

動いていると考えた方がいいな。だとしたら、そちらの部隊とも接触しなければ。

「公安部隊の隊長を紹介してくれるか」

ノ警部は手帳に連絡先を走り書きすると、それを破ってジョンミンに渡した。

「それで、現況ですが」

「正直なところ、日本の警察の厚い壁に阻まれて、ほとんど情報を得られていないんだ。

挙げ句が、キム検事が滞在した宿泊施設に対しても、日本の地検が勝手にガサ入れをしている」

「警視庁ではなく、検察がガサ入れをするのは日本ではかなり異例ですね。ただ、我々も日本の検察にはパイプがなく」

「とにかく、今まで築いてきた人脈をフル活用して、事件についての情報を集めて欲しい」

12

検察庁を後にした冴木は、公用車で六本木《ろっぽんぎ》に向かっていた。早見は、黙って隣に座っている。

「在日米軍を民間に移行するというのは、どれくらい現実的な話なんだ」

「アメリカは、本気です。とにかく、年間予算に占める軍事費を可能な限り削減し、正規軍の兵士を死なせたくないと考えていますから。しかし、日本政府は、日米安全保障条約の理念に反すると強く反対しています」

「だが、あのバカ総理が自主防衛と核武装を本気でやろうとしているなら、米軍を追い出せるチャンスだと考えるんじゃないのか」

「私には総理の胸の内は測りかねます」

「早見、いかにも世間知らずの真面目官僚ぶったその態度が鼻につく。本当に何も情報を持っていないというのであれば、すぐに辞表を書け」

　わざとらしいため息が聞こえた。

「今回のヤマが決着するまでに、私は何通も辞表を書くハメになりそうですね」

「何を他人事のように言ってるんだ。おまえが人に頼み事をしながら、情報を出さないからだろう」

「お言葉ですが、冴木さんには、私の知り得た情報を全てお伝えしています」

　話にならなかった。

「素平《そっぺい》さんは相当に焦っていた。いよいよバカ総理をコントロール出来なくなったのかもしれない」

「否定はしません。自主防衛論者の総理は、駐留軍の民間移行もご不満のようです」

「日米安保条約を破棄するつもりか、あのバカは」

　返事がなかった。早見は決して政権を批判しない。いついかなる時も堅物だ。

「それで日本の門番役を狙っているのは、どの軍事会社なんだ」

「三社入り乱れて、カネが飛んでいるという噂があります。ただ、工作は太平洋《たいへいよう》の向こう側でおこなわれており、日本や韓国で裏金が動いたという話は摑《つか》めていません」

　すまし顔でｉＰａｄを見ている早見の横顔を睨《にら》みつけた。

　感情が表に出ないだけではなく、横顔には薄情で冷酷な質《たち》がにじみ出ている。

「摑めてないなら、摑め」

「そのつもりです。ＣＩＡに、在日・在韓米軍の方針について打診していますが、まともな回答がありません。ペンタゴン関係者などに対しても情報収集をしています。ですが、日本で売り込み工作をやる意味を教えてくれと逆質問される始末で」

「掴めてないなら、掴め」

確かにその通りだ。

在日米軍は日本に駐留しているが、彼らの方針や体制について、日本政府から何か注文する権利はない。基地内は全てアメリカ領であり、その基地を正規軍が守るか、民間軍事会社が守るかについても、嘴《くちばし》は挟めない。したがって、我が国で賄賂をばらまく意味がない、はずなのだ。

「レイチェル、北朝鮮工作員三人、そして韓国特捜検事、ＳＡＴ、不詳とこれで七人も殺されているんだぞ。よほど重大な工作をしていない限り、こんな殺戮《さつりく》は起きない」

不正を暴こうとする者を拷問した上で殺害し、その遺体を放置するという挑発的な態度。さらには、少しでも敵性を感じれば、韓国の国民的英雄であろうが、日本の警官であろうが、容赦なく排除する。よほどの隠したい秘密があるのだろう。

その一方で、早見が言うように、日本や韓国の政治家や官僚にカネを掴ませる理由が見えない。

「今、不詳の身元を洗っていたチームから連絡が来ました。身元はまだ判明していませんが、不詳の衣類から、朝鮮人民軍偵察総局のバッジが、見つかったそうです」

「子供騙《だま》しだな。それは、北が絡んでいない証拠みたいなもんだ」

不詳が、本当に北朝鮮の工作員なら、そんなものを絶対に身につけない。

「あまりに白々しすぎて、却《かえ》って北が絡んでいるかもと、私なんぞは思いますが」

猜疑《さいぎ》心が強いからな、おまえは。

一つ引っかかることがあるとすれば、和仁《わに》が馬事公苑にいたことだ。日本で活動する北朝鮮工作員のボスは何をしていたのか。会って確認しておくか。

「不詳の衣類からは、硝煙反応が出なかったそうです」

「つまり、狙撃犯ではないと？」

「そのようです」

「では、観測手《スポッター》ということか」

戦場で狙撃を行う場合、狙撃手をターゲットに集中させるため、周囲の状況チェックや標的までの情報や風速などを的確にスナイパーに伝える役割の相棒がいる。それが、スポッターだった。

「スポッターだと、アサルトライフルを携行しているのではないんですか」

確かにそうだ。だが、不詳はグロックを持っていただけだ。

「おまえの意見を聞かせてくれないか」

「最優先事項は、狙撃犯を捜すことです」

「毒島《ぶすじま》のことか？」

「彼は論外でしょう。ＳＡＴの精鋭が、韓国のスター選手を暗殺する理由が分かりません」

「カネ、クスリ、女、思想……。理由はいくらでもある」

早見がこちらを見た。背後の窓の外では、夜の東京の街が流れていく。

「冴木さん、ご自分でも現実味がないと思っているような問いを、なぜなさるのですか」

「選択肢を減らすためだ。だから、答えろ。なぜ毒島警部補は、論外なんだ」

「仮に、毒島警部補が狙撃犯だった場合、せっかく不詳を用意して、身代わりに狙撃犯に仕立てようとしたわけですから、彼は現場に残るべきです」

異論はない。

「さらに身代わりにする不詳に硝煙反応を残す必要がある。それに現場に残されていた重量級のスナイパーライフルで狙撃したのであれば、身代わりの人選を間違っています」

「だが、毒島真犯人説を否定するまでの説得力はない。奴はキム検事を狙撃するために邪魔だった同僚を射殺し、標的を仕留めて逃亡したという推理を妨げる事実もないぞ」

「では、不詳を殺して、現場に残したのはなぜですか」

おまけに、北の諜報《ちょうほう》機関員であることを示す遺留品まである。

「捜査を攪乱《かくらん》するためかも知れない」

「それにしては、杜撰《ずさん》です。事件発生から半日も経っていないのに、不詳が狙撃犯ではないことは既に確認されています」

「しかし、不詳が殺された理由も、そもそもそこにいた理由も解明されていない」

誰だか知らないが、毒島に罪を着せようとしているのだろう。

だとすれば、不詳などいない方が、毒島への容疑がもっと強くなる。いったい、何のために不詳を残したのか。

「それらの理由が判明したら、捜査は進展するんでしょうか」

不詳を登場させた必然、殺した必然、そして、遺棄した必然があるはずなのだ。

「いずれ、不詳の身元が判明した時に、確認して欲しいことがある」

「なんでしょう」

「不詳が、日本語を話せたかどうかだ」

13

自宅に戻りシャワーを浴びた和仁は、三ツ矢《みや》サイダーを手にして、寺の仕事部屋に籠《こ》もった。

普段は、寺の事務処理を行う部屋だが、床下に地下室があった。そこは、在日本工作責任者として活動するための作戦基地で、武器類なども隠してある。

熱気が籠もって息苦しい。エアコンを入れたが、快適レベルまで冷えるには、暫《しばら》く時間が必要だった。扇子であおぎながら、粛々と作業を進めた。

機器類の電源を入れると、暗がりに緑や赤のランプが点《とも》り、三台のディスプレイからの光が部屋を明るくした。

本国から、大量の確認メールがきているが答えられる状況になく、それらは全て黙殺した。

日韓に張り巡らした現地工作員たちに、キム・セリョンに関する情報を全力で収集し、報告せよという命令を、最優先、最重要事項として送信した。

作業していると、日本の警視庁外事課にいるアセットから連絡が来た。既に、午前二時を過ぎている。予定されていた〝眠りネズミ〟との接触は、本人から〝不可能〟という返信がきて、中止した。

〝暗殺現場で発見された不詳から、北朝鮮の工作員を示す証拠を発見。警視庁内に在日朝鮮関係の捜査チームが立ち上がった〟

容疑の矛先がこちらに向かう可能性は想定していた。だが、思ったよりも展開が早い。チャットに切り替えた。

〝証拠とは？〟

〝朝鮮人民軍偵察総局のバッジ〟

鼻で笑ってしまった。

〝それは、北に濡《ぬ》れ衣《ぎぬ》を着せるぞという意味では？〟

〝本当に関与していないのか〟

〝我々が、大統領の姪《めい》を暗殺する理由があるなら、教えてくれ〟

〝韓国に大混乱を巻き起こせるじゃないか〟

馬鹿馬鹿しくなって、そこでチャットを打ち切った。

その時、冴木からメールが入った。

〝大至急会いたし。午前八時に、いつもの場所で〟

ありがたい。こっちも用事がある。

それから、〝葬儀屋〟に連絡を入れた。

〝大至急、一度も使ったことのない部屋を確保しろ。籠城《ろうじょう》できるだけの準備と装備がいる〟

14

ジョンミンがノと捜査方針を話し合っていた時に、警察庁五輪警備対策室次長を名乗る人物から、呼び出しを受けた。

通訳であるパクとノを伴って出向くと、いかにもエリートっぽい高級スーツを着た戸村《とむら》が、部下を一人従えて待っていた。

「お呼び立てして申し訳ありません。たった今、ＩＯＣ幹部との折衝が終わりましたので」

「どうなりましたか」

「大変、申し上げにくいのですが、日韓合同捜査本部を立ち上げるのは諸々《もろもろ》の事情から難しいと判断し、捜査は日本警察に一任されました」

「つまり、我々を排除するという意味ですか！」

たとえ一時的にでも外国の捜査機関に捜査権を認めるはずがないとは思っていたが、ここは押せるだけ押しておかなければ。

「排除ではありません。捜査状況は逐次お伝えします。私がその連絡役を仰せつかりました」

「戸村さん、日韓の警察は、常に友好関係を維持し、最大限の協力を続けてきました。にもかかわらず、ＩＯＣの理解を得られなかったのは遺憾です。そこで、ご相談があります」

喧嘩《けんか》をしても始まらない。ジョンミンは努めて穏やかに切り出した。

「どんなご相談ですか」

「あくまでもオブザーバーとして、捜査会議に同席することをお許し戴けませんか」

「それも、難しいかも知れません」

「公式の許可を求めているのではないのです。戸村さんの裁量で、黙認してくださるだけでいい。しかも、これが実現すれば、あなた方は、無駄な時間の節約にもなる」

「というと？」

「我々に捜査状況を逐次報告する必要がなくなるでしょう」

戸村は腕組みをして考え込んでいる。

「戸村さんには、ご迷惑をおかけしません。我々は何の発言もしません。また、あなた方は、一刻も早くキム検事についての情報収集をソウルで行いたいはずです。我々の提案を呑《の》んでくだされば、ソウルでは我々が格別の便宜をはかります」

ジョンミンは続けた。

「私の好きな日本の言葉があります。持ちつ持たれつ――。その精神をぜひ、発揮して戴きたい」

15

仮眠している和仁のもとに、〝朝十時に延期〟と書かれた冴木のメールが届いた。

午前七時のＮＨＫニュースを見て、延期の理由を理解した。

早朝、韓国大統領が日本プレスセンターで記者会見を開いた。席上、チェ・ジェホ大統領は、愛する姪の事件の捜査から、日本政府が、韓国を排除したことの理不尽さを、涙ながらに訴えた。

〝私は、この問題を外交問題にしたくありません。ただ、一人の愛する姪の死を悼む伯父として、日本国総理大臣、坂部《さかべ》守和《もりかず》さんに心からお願いしたい。どうか、姪の仇《かたき》を取るために、我が国との合同捜査本部の設置を、お取りはからい戴きたい〟

これに対して大森《おおもり》官房長官は、〝善処したいが、少々お時間を戴きたい〟とだけコメントしたと、アナウンサーが告げた。

大森官房長官と冴木が腐れ縁なのは、和仁も知っている。

このチェ大統領の訴えを、日本政府としては無視できない。ならば、打開策が必要になり、その知恵を絞って欲しいとねじ込まれたに違いない。

「ここは、日本人として誠意を見せないと」

朝食を一緒に食べている妻が言った。チェ大統領にとって思う壺《つぼ》のリアクションだった。

夫の本当の姿など疑ったこともないお人好《ひとよ》しで世話好きの女房の嘆息は、そのまま日本人の気持ちを代弁している。その上、外国特派員が集まる日本プレスセンターを会見の場所に選んだのも大きい。

この涙の映像は、あっと言う間に世界中に拡散するだろう。

強《したた》かな政治家として知られるチェ大統領の捨て身の作戦は、奏功するに違いない。

〝次もキム選手射殺事件関連ニュースです。〟

和仁は、テレビ画面を見遣って声を上げかけた。

第六章　暴かれた女

1

冷房の利きが悪い新宿《しんじゅく》のホテルは快適な宿とは言い難かった。ジョンミンの浅い眠りは携帯電話の呼び出し音で破られた。

「なんだ」

「早朝から失礼致します！　ノ・ソンウンであります！」

「用件は？」

「今すぐ、テレビをつけてください。1チャンネルです！」

画面には、捜査員とおぼしき男たちが、ビルの中から段ボール箱を抱えて出てくるのが映っている。ただ、日本語が理解できないジョンミンには、アナウンサーの説明も字幕も不明だった。

「俺は日本語が分からないんだ。説明してくれないか」

「今朝午前六時に、警視庁とソウル地方警察庁の合同捜査本部が、東京都内の朝鮮総連本部および、北朝鮮の出先機関と思われる十七カ所で家宅捜索を行ったと言ってます」

「ちょっと待て！　合同捜査本部とは何だ？」

「公安部が日韓でタッグを組んだようです」

「そんな話、初めて聞くぞ」

「私もです。現在、事実関係を調査中です。しかしながら、これで、刑事部チームの捜査も楽になるのではないでしょうか」

　確かにそうだ。

「すぐに日本側の責任者に連絡を入れる。それより、なぜ、公安は総連や北の拠点をガサ入れしたんだ」

「それも不明です。そもそもキム検事暗殺に、北が関わっているとは思えません」

「我々が知らない情報を握ったのかもしれない。私も探ってみるが、公安筋に当たってくれ」

　ノは、素直に応じた。

「それと、俺のホテルに車を回してくれ」

電話を切るとジョンミンは、国家情報院（国情院）のテロ対策室長チャン・ギョングに電話した。

　一コールで出た。

「おはようございます。イ・ジョンミンであります」

「公安のバカどもの暴走についてかね」

なるほど、チャン室長はあれを快く思っていらっしゃらないのか。

「寝耳に水で驚いております」

「私もだ。由々しき越権行為として、大統領に抗議する」

「室長、あれは我々がキム検事暗殺事件の捜査本部に参加する口実になりませんか」

「なるほど。確かにそうかも知れないな。さっそく日本の捜査本部と交渉したまえ」

「念のために、確認したいのですが、今回の事件で、北の関与の可能性は？」

「ゼロではない」

「では、また、逐一状況をご連絡致します」

すぐに戸村に連絡を入れたが、何度かけても話し中だった。ジョンミンは大至急面会したいと英語で書いたショートメールを打った。

2

朝食を食べている最中にインターフォンが鳴った。

「父さん、ヤバい奴が来た」

怜《れい》が、モニター画面を見て顔をしかめた。

「誰だ？」

「チャン・ギョング」

確かにヤバい奴だな。

「事務所の応接室にお通ししろ」

「外《そと》さんに、連絡入れようか」

チャン相手なら、冴木一人で充分だった。

「呼ばなくていい」

「オッケー」

服を着替えながら冴木は、初めてチャンに会った時のことを思い出した。

二年半前の平昌《ピョンチャン》五輪の直前に、北朝鮮に急接近した韓国大統領の真意を探るよう早見に頼まれて、ソウルに出かけた時だ。

あの時も、いきなり投宿先のホテルのロビーで、声をかけられた。

名前と経歴は知っていたが、初対面だった。

威圧的で慇懃《いんぎん》無礼な態度で、「本日中に店じまいして、韓国から消えて戴《いただ》きたい。さもないと拘束することになる」と脅された。

無論、そんな脅しに屈するわけがなく、怜と共にホテルを変え、情報収集を続けた。

尾行は付いたが、妨害や拘束には至らなかった。帰国便を待っていた仁川《インチョン》国際空港で、再びチャンは姿を見せた。

「二度とお会いしないことを望みます。次は、容赦致しませんので」と握手を求めた手は、氷のように冷たかった。

その後、チャンは国情院の陰の主として確実に勢力を拡大している。最前線に姿を見せるような立場ではない。

なのに、わざわざ俺を訪ねてくるとは。

よほど込み入った話をするつもりなのだろう。

怜が戻ってきた。

「応接室に放り込んだ。一応、私もモニターで監視するから」


「これはこれは、チャン室長。こんなむさ苦しいところまでお運びいただき恐縮です。言って下されば、私の方から、ご宿泊先まで出向きましたのに」

過剰なぐらいに大袈裟《おおげさ》に、冴木は歓迎の辞を述べた。

「早朝から押し掛けた無礼をお許し下さい」

見事な日本語が返ってきた。

「何、年寄りは早起きですから。既に、朝稽古《げいこ》でひと汗流してきたところですよ」

「この度は、我が国の選手の事件でお騒がせしております。冴木先生にも、色々とご尽力戴き恐縮しております」

「引退したロートルには、無縁の事件です。ただ、キム選手をお守りできなかったのが残念です」

「さらに、今朝のガサ入れです。まったく、愚かなことをしでかしてくれました」

つまり、チャンは北の関連施設への捜査に関与していないと言いたい訳か。

「貴国の公安が、スタンドプレイをされたと？」

「最初に持ちかけたのが、我が国なのか、貴国なのかは存じません。いずれにしても、あんな乱暴で無駄な捜索をしたことは、日韓両国の恥です」

「我が国はともかく、韓国は困るでしょうな。前大統領ほどではないが、チェ大統領も南北統一派でいらっしゃる。ところで、今日はどんなご用事ですか？」

世間話をしにきたのか、チャン。

「本日お邪魔したのは、他でもありません。この事件を早期解決し、東京オリンピックを成功裏に終わらせるためにご相談したくて参りました」

「だとしたら、訪ねる場所を間違いましたな、室長。私はもはや日本政府とは無縁です」

「昨日、内閣参与に就任されたと聞いています」

それは、非公式のはずだ。

「この事件には、高度な政治的解決が求められることについては、冴木先生も異論がないかと思います。警察の領域を離れた我々二人で、軟着陸させたいと考えています」

「高度な政治的解決というのは、具体的に何を指すんでしょうか」

「つまらない犯人捜しよりも、日韓友好を最優先するという意味です」

「日本は法治国家なんですよ、チャン室長。暗殺事件の犯人を捜さないなどという非常識は、あり得ない」

「捜さないとは申し上げていませんよ。いかがでしょう。これは、狂信的な反韓主義者である毒島警部補の単独犯行ということで、ケリをつけませんか」

バカげた提案をどう読み解くべきか、冴木は迷った。チャンが冗談を言っているとは思えない。だが、日本は呑《の》むはずもない。それどころか、韓国の情報機関の上層部からこんな提案があったというだけで、総理以下日本政府首脳陣は激怒する。

それぐらい承知の上で、こんなふざけた話をする理由はなんだ。

「この提案では、日本だけが罪を被《かぶ》ることになります。それでは、交渉は成立しないでしょう。そこで、当方は、メインスタジアム前に、性奴隷像を設置した団体を摘発します」

「それだけですか」

「充分でしょう。そもそも、貴国は暗殺予告を受けていたキム検事を守れなかった。それを、つまらない狂信者の愚行として片付けてしまおうと、我々は譲歩しているんです。さらに、坂部総理の怒りを買った面倒な団体を摘発するんです。イーブンでは？」

「そんなやり方がお好みなら、韓国人の狙撃《そげき》犯をでっち上げることだな」

「そういう提案なら、手打ちをしますか」

なるほど、それを俺に言わせたかったのか。

その時、怜がお茶を持ってきた。

「ご令嬢からお茶をいただけるとは、光栄の極みです」

怜は、チャンと目を合わせることもせずに、テーブルに麦茶を置いた。そして、冴木に数枚の文書を手渡した。

内さんが超特急で調べてくれた情報と、文書の方にメモ書きがあった。

ウェブ朝鮮日報の日本語版の記事だった。

見出しに「キム検事殺害に、韓国の極右団体が犯行声明」とあった。

「あなたの差し金ですか」

その文書を、テーブルの上に置いた。チャンは一瞥《いちべつ》はしたが、手には取らなかった。

「似たような情報を私も把握していますが、こんな情報をリークした覚えはない」

そうは言っても、韓国内の主要メディアから情報を流せば、チャンが描いた計画は楽になる。

「チャン室長、姑息《こそく》なことはなさらない方がいい。事件の取り調べが進めば、辻褄《つじつま》が合わなくなって、つまらない陰謀がバレますよ。そんなことになったら、あなたの将来は終わるのでは？」

「私の将来なんてどうでも良い話だ。それより、このままでは、東京オリンピックは閉会式を迎えられずに終わりますよ」

「私は、閉会式なんて興味がない。それよりも、首謀者を突き止めたい。たとえ犯人が日本人だったとしても、真相究明こそが、日本社会のモラルだ」

「明日、ある男を横須賀《よこすか》で逮捕します。元韓国海兵隊に所属した狙撃兵です。彼は、大統領に心酔していて、閣下の将来を危うくするキム検事の勝手な行動が許せず、犯行に及んだと自白する。その直後に、自殺する」

茶番だな。

「お好きにおやりなさい。それより、折角だ。あなたに聞きたいことがある」

チャンはゆっくりと麦茶を飲み干してから、小さく頷《うなず》いた。

「在韓米軍の今後について、おたくの大統領はどう考えているんだ」

3

中村《なかむら》は、捜査本部に設置された大型テレビを見ていた。画面には公安部による北朝鮮関連施設の強制捜査が映し出されている。

ワイドショーの時間枠だからか、やけに表現が大ゲサだった。コメンテーターが、キム検事暗殺は北朝鮮の情報機関による犯行という疑惑が強まったため、公安がガサ入れをしたのだという観測を口にしていた。

「これで事件解決かあ」

サンドイッチを食べながら、望月《もちづき》がぼやいた。

「だったら、俺は夏休みを続けられるな」

昨夜遅く、長野県に家族旅行に出ていたのを呼び戻された池永《いけなが》が混ぜ返した。

中村は、さっきから携帯電話にまくし立てている警備局の戸村に目をやった。今朝のガサ入れの情報が届いていなかったことにお冠なのだ。

「ちょっと、藤田《ふじた》君、なに怖い顔してるわけ？」

望月に声をかけられて、ガサ入れの映像を食い入るように睨《にら》みつけていた藤田が振り向く。今朝は口数が少ない。

「別に、怖い顔なんてしていませんよ。都内にこんなに北朝鮮の関連施設があったのかと驚いているんです」

「これぐらいはあるんじゃないの。まあ、一部は、単なる焼き肉屋だったり、地下銀行みたいなものもあるだろうけどね」

「公安は、何か裏付けがあってやってるんでしょうか」

「それを今、戸村殿が調査中なんでしょ」

中村の携帯電話が鳴った。ソウル地方警察庁のノ警部だ。テレビから離れて、電話に出た。

「おはようございます、中村警部。先程から、五輪警備対策室の戸村警視正にお電話をしているのですが、ずっと話し中でして。それで、こちらにおかけしました」

戸村の方を見ると、電話を終えるなり、また別のところへかけている。

「戸村は、今、電話に出られる状況ではないようですので、ご用件は私が伺います」

「日韓の公安部が北朝鮮の関連施設のガサ入れをしたのは、ご存知かと思います。その件について、早急にイ・ジョンミン検事がご相談したいと言っております。戸村警視正のお時間を頂戴《ちょうだい》できるようにお取りはからいください」

「どうですかねえ。今日は、難しいと思いますよ。ちなみに、ご相談されたい内容は何ですか」

「それは、ちょっと電話では申し上げにくいんです。十五分で結構です。午前九時からお時間を戴きたい。我々はそちらに向かっているところですので」

「九時からは、捜査会議です。それほどにお急ぎならなおのこと、ご相談の内容を聞かせてください。そうでないと、そちらのご要望には応じかねます」

「分かりました。では、伝言をお願いします。公安部が日韓合同の捜査本部を立ち上げたわけですから、刑事部でも同様の対応をお願いしたいと」

　やはり、言ってきたか。

「戸村に相談してみます」

「迅速なご返事をお待ち申し上げます」

　電話を切ると、中村は窓際に向かった。戸村はまだ電話で話している。

「無茶を言わないでください。私は、あの件については、まったくあずかり知らないんです。警視庁の公安部長にご連絡ください。失礼します」

　電話を終えた戸村が大きなため息をついた。

「自分の知らないところで、事件が一人歩きするというのは、厄介ですね」

「お察しします。そんな時に恐縮ですが、イ検事が早急に相談したいことがあるそうです」

「用件は？」

「公安部が日韓で合同で捜査したのだから、刑事部でも同様の扱いをして欲しいと言ってきました」

「まあ、そうくるでしょうね。でも、それを決める権限は、我々にはない」

ＩＯＣと交渉してくれということだろうが、公安があんな動きをしたら、そうも言っていられないだろう。

「午前九時から、十五分だけ時間が欲しいと」

「何と答えたんですか」

「無理だと思うと。ですが、イ検事もノ警部も既にこちらに向かっているようです」

「九時といえば、捜査会議の時刻でしょう。彼らには、会議の参加を認めたんだ。それ以上は、無理ですね」

「公安は、なぜ、あんな無茶なことをしたんですか」

「分かりません。局長は自分は把握していないと惚《とぼ》けている。だが、そんなわけがない」

同感だ。問題は、我々があずかり知らない重大な情報なり証拠なりを、公安が握っているのかどうかだ。

「暗殺を北の犯行だと見なした理由については、新たな情報はないんですか」

「ありません。今のところ不詳の衣類から見つかった北の情報部のバッジぐらいだ」

「手回しが良すぎる気がします」

　また、戸村の携帯電話が鳴った。だが、戸村は無視した。

「どういう意味です？」

「日頃から北の拠点を監視しているとはいえ、あまりに動きが迅速すぎませんか。暗殺事件が起きたのは昨日ですよ。随分以前からガサ入れを準備していたのでは」

「暗殺事件が起きることを公安が知っていたと言いたいんですか」

「さすがにそこまでは言いません。ただ、彼らの動きが余りにも迅速なので違和感を覚えたんです。それより、今朝の一件で、我々の捜査に何か影響は出るんでしょうか」

　捜査会議の時刻が迫って、捜査員が集まってきた。

「今のところ、上からは指示はありません。我々はこのまま捜査を続けろという意味でしょう」

「その点については、どなたかにご確認は？」

「しているんですが、誰も捕まらないんです。中村さんは、キム検事暗殺に北が絡んでいたと思いますか」

「思いません。例のバッジが見つかった時点で、その線はなくなったと思っています。それだけに、今朝のガサ入れに違和感を覚えるんです」

　イ検事を先頭に、韓国捜査陣が部屋に入ってくるのが見えた。

4

在韓米軍問題をぶつけたのに、チャンは動じなかった。

「大統領のお考えは先日の首脳会談でお伝えしたかと」

「キム検事は、在韓米軍が民間軍事会社に移行するに当たり、大がかりな不正が行われているという疑惑を捜査していた」

チャンが銀縁の眼鏡に触れた。

ほお、少しは驚いてくれたか。

「根拠のある話ですか?」

「チャン室長、もしかしてキム検事が、東京地検特捜部の検事と合同捜査していたことも、ご存知なかったんですか」

冴木はじっくりとチャンの表情を観察した。無表情を装っているが、怒りが滲《にじ》んでいる。

「既に日本の検察、警察、そして官邸も、日韓両検事による合同捜査の事実を把握しています。ですから、でっち上げの話を持ち出すのは、賢明じゃない」

「タバコを吸ってもよろしいですか」

冴木が灰皿をチャンの前に置いた。チャンが、ラークをくわえて火を点《つ》ける。間をつくるためのわざとらしい動作を、冴木は黙って見つめていた。

　この男の来訪目的はなんだ。

　あんなレベルの低いでっち上げを俺に押しつけるためではないだろう。しかし、キム検事が、在韓米軍の民間軍事会社移行に伴う不正を捜査していたのを、この男は知らなかった。

「チャン室長、あなたは何をしにいらしたんですか。まさか、あんなバカげた話を押しつけるためではないでしょう」

　タバコの煙が勢いよくチャンの鼻から出た。

「事件を一刻も早く収束させたいんですよ。そのために、あなたのご助力が必要だと思ったんです」

「それは、大統領の意向ですか」

　答えは返ってこない。冴木は待った。チャンは火を点けたばかりのタバコを灰皿に押しつけた。

「私の一存です」

「姪《めい》御さんを暗殺されたのに、大統領が、真相究明を望まないわけはない。あなたは、大統領の側近中の側近だ。なのに、大統領の意向を無視するんですか」

「分かりました。正直に申し上げましょう。キム検事がなぜ暗殺されたのか、私には分からなかった。そこで、捜査の停滞を避けるため、あなたがおっしゃるバカげた話で、事件を収束させたいと考えました。しかし、彼女が在韓米軍関連の不正を捜査していたことを、今、知ってしまった。それならば、ますますあなたのお力を借りたい」

そんなにあっさり、俺の話を信じていいのか、チャン。

「何をお望みなんですか」

「先程の提案を受け入れていただくよう、日本側を説得して欲しい」

「ご自身がバカげた話だと認めている提案を、日本が呑むと思いますか」

「アメリカ絡みの不正を捜査するなんて、一介の検事がすることではない。そんなところに首を突っ込めば、必ず抹殺される。それは、貴国でも同じでは？」

「同じじゃないね。我々はアメリカ大統領だって、不正疑惑があれば、捜査する。そして、罪を犯したと分かれば、逮捕する」

「強がりは結構。かつてなら、そういうことも可能だったでしょう。しかし今の総理に、アメリカに弓を引くなんて芸当ができるんですか」

バカ総理の顔が浮かんだ。確かに、あの男なら、アメリカの圧力に屈するかも知れない。

「総理は関係ない。日本の捜査機関は、粛々と捜査を進め、真相を解明するだけだ」

本当にそんなことができるのかと、チャンは猜疑心《さいぎ》を込めて見つめている。

「チャン室長、あんたはそんなにアメリカが怖いのか」

「怖がらない国なんてあるんですかねえ。我々は、戦後ずっとアメリカの庇護《ひご》の下に、繁栄を続けてきた。アメリカあっての韓国なんだ。アメリカが不正を働いたとしても、我々はそれを不正と言わない」

「ほお、では何と言うんだ」

「存在しない事件だ」

　情けない話だな。

「それはともかく、あなたが何のためにここに来られたのかと、私はお尋ねしたはずだが」

　大袈裟なため息をついて、チャンが答えた。

「昨夜遅く、我が大統領閣下は、事件が解決するまで日本を離れないと宣言されたんです。それは、貴国にとっても面倒では」

「いたいだけ、いればいい」

「これから連日、日本政府にとって嬉《うれ》しくもない攻撃を仕掛けますよ。本来、両首脳しか知らないような秘密事項だって、ぶちまけかねない。日韓関係は、二度と修復出来なくなるかも知れません。それは、避けたい。しかも、我が国は、国内にも問題山積なんです。大統領には、一刻も早くソウルに戻って戴きたい」

　チャンの焦りがようやく理解できた。

5

周辺に監視者の目がないかを確認してから、和仁は自宅を出た。

日韓の公安による北の拠点一斉捜索は悪夢だった。和仁の寺が対象外だったのは、単に幸運だったとしか思えない。

即刻、地下に潜れ、可能なら海外に逃げよ、と情報部員全員に命じたが、和仁自身は、今朝の一斉ガサ入れの背景を調査しなければならない。こんな時は、冴木を頼るしかなかった。

自宅から徒歩十分ほどの場所に、和仁はガレージを借りていた。そこに乗用車とBMW　K1300Sを格納してある。

尾行チェックを繰り返して、三十分かけて、和仁は駐車場に着いた。

長屋のような貸し車庫が並んでいる。周辺に駐車車輌《しゃりょう》も人影もないのを確かめてから、和仁は一番奥にある車庫のシャッターを上げた。こもっていた熱気で噎《む》せ返ったが、中に入るとすぐにシャッターを下ろし直して、室内の電灯をともした。

しばし考えてから、BMWにキーを差し込んだ。

水冷並列四気筒エンジンは、二・八秒で、時速一〇〇キロに到達する。サファイア・ブラック・メタリックのボディは、上品で野性的だった。同色のバイクスーツに着替えた和仁は、再びシャッターを上げた。

一台のワンボックスカーが駐車していた。いつのまにと思った瞬間、スライドドアが開き、四人の男が和仁に襲いかかった。

足首に仕込んでいたサバイバルナイフに手を伸ばしたが、首筋に冷たい銃口を突きつけられた。

「同志、じっとしていなさい。命は取らない」

平壌訛《ピョンヤンなま》りの朝鮮語を発する男の声には覚えがあった。顔を向けようとすると、後頭部に強い打撃を受けた。


強い刺激臭が鼻の奥に広がって、和仁は目を覚ました。視界がぼやけている。

座り心地の悪い椅子に両手両足を縛り付けられていた。

「せっかくのツーリングの時間を奪ってしまって申し訳ないな、ユ・ムンシク大佐」

「これは、驚いた。朝鮮人民軍偵察総局工作大隊司令官自らが、おでましとは」

いきなりそばにいた男に頰を殴られた。

「おい、パク。老人は敬うもんだぞ。むやみに殴るんじゃない」

総局ナンバー3のカン・ヨンスン自らが、このタイミングで、日本に姿を見せるなんぞ、驚天動地だった。

「ユ大佐、一体何が起きている」

「それが分かれば私も苦労しないんですが」

そう返した途端、また、殴られた。今度は血と一緒に奥歯が、コンクリートの床に飛んだ。

「日本暮らしが長くて、心も態度も退廃的な日本人になったのかね、ユ大佐」

「失礼しました、司令官。我が心は常に祖国にあります！」

「結構。では、教えてくれ。何が起きている。私は、キム・セリョンの暗殺を阻止せよと命じたはずだ。そのために、〝眠りネズミ〟も目覚めさせた。なのに、なぜ、対象を守れなかった」

「面目ありません。まさか、あんなタイミングで、狙撃されることを想定しておりませんでした」

「ユ大佐ともあろう人物が、油断が過ぎないか。それに、〝眠りネズミ〟はどこにいる？」

「現在、情報収集にあたっております」

「それは、奴の使命ではないだろう」

「そうでありますが、真犯人を捜し出せる一番近い場所におります。越権を承知で」

和仁の左太ももに激痛が走った。メスが突き刺さっている。カンはメスで拷問するのが大好きだった。

「私は探偵ごっこをするために、君と〝眠りネズミ〟に作戦を託したのではない」

「もちろんです！　しかし、対象を守れなかった以上、せめて」

今度は右太ももにメスが刺さった。

「いいかね、ユ大佐。君は私の質問に答えるだけでいい。〝眠りネズミ〟は、どこにいる？」

「都内におります」

「すぐに、ポイントGに移動するように命じたまえ」
G、つまりゴールとは、北朝鮮からの迎えが来る拠点を指す。指定されていたのは、新潟県の某所だった。Gに辿《たど》り着いた者は、ミッションの成否で、大きく運命が分かれる。
成功した者は賞賛を受けて、祖国への帰還が認められる。失敗した者はその場で処刑され、海に棄てられる。

〝眠りネズミ〟の運命は、もちろん後者だろう。

「畏《かしこ》まりました！」

「結構。もう一つ質問がある。パク・ヒョンデ、ファン・ジョンジェ、コ・ヘスの三人からの定期連絡が途絶えている。何をさせている？」

しらばっくれたら、また、メスを突き刺すのだろう。

「三人とも、死にました」

「そんな報告を読んだ覚えがないが」

「三者とも殺害された疑いがあるため、事実確認と殺人者の捜索を——」

三本目のメスは、内股《また》だった。カンは気功を習得しているため、痛みのツボを外さない。おかげで、和仁は気を失いそうになった。

そして、四本目は嘔吐《おうと》するほどの痛みで、はしたなくも叫んでしまった。

「優秀な工作員が三人も不審死を遂げているのに、私に報告がないとは。あんたは長く日本に居すぎたな」

「カン司令官、人払いをお願いできませんか」

必死で声を振り絞った。

「命乞《ご》いでもするのか？　それとも遺言か？」

「二人だけで、話さなければならない重要事項があるためです」

カンがこれ見よがしにため息をついて、部下に出ていくように命じた。

「言っておくが、言い逃れようなどと考えたら、次のメスは頸《けい》動脈だよ」

「心得ております。御配慮をありがとうございます。先の三名の不審死については、アン次官にご報告しました」

ナンバー2の名前を出したことに、カンは露骨に不快感を表出させた。

「私を飛び越えて、次官のお手を煩わせたのか」

メスが股間《こかん》のすぐそばに突き刺さった。

「そうではありません。突然、アン次官からご連絡をいただきました。状況をご説明したところ、次官が直接担当するので、誰にも教えるなと」

胸ぐらを摑《つか》まれ、メスが眼球に向けられた。

「いい加減なことを言うなら、おまえを切り刻まなければならない」

「ウソではありません！　ご確認ください」

カンは立ち上がって和仁から離れると、どこかに電話をかけた。

その間に和仁は、カンが日本に来た理由について、必死で推理した。

自分たちが、キム・セリョンを守れなかったことを叱責《しっせき》するなら、失敗したエージェントを掃除するための特殊工作員を数人、日本に派遣すれば事足りる。

カン自ら動いたのには、もっと重大な理由があるはずだった。

それが、何なのか。自分や〝眠りネズミ〟が生き延びる方法を見つけるには、その先を読まなければならない。

「畏まりました！　朝鮮民主主義人民共和国、万歳！」

電話口でそう叫んだカンが、戻ってきた。

「良かったな。次官はまだおまえに使い道があるとお考えのようだ」

足に刺さっていたメスが、全て抜き取られた。

「そして今、次官より新たな作戦が発令された。おまえと〝眠りネズミ〟のラストチャンスだ」

「ありがとうございます！　命に代えても！」

六十七歳にもなって、こんなバカげた台詞《せりふ》を吐くのも屈辱だったが、窮地を抜け出さなくてはならない。

「キム検事は、米軍の不祥事を調査していた。既にキム検事は重大な証拠を握っていた可能性が高い。おまえと〝眠りネズミ〟は、キム検事の遺品から、その情報を盗み出すのだ」

その証拠がどんなものなのか、想像もつかなかった。だが、それより、ここを抜け出すことが先決だった。

「了解であります！」

6

三十分待ったが、和仁は姿を見せなかった。

携帯にも、連絡はない。

何かあったのだろうとは思ったが、確認するのは却《かえ》って危険だった。

冴木は用心して待ち合わせ場所から出ると、待機していた車に乗り込んだ。

今朝の公安のガサ入れを見て、自身の警戒レベルを二段階上げた。部下の外村《そとむら》に運転手を頼んだ。

乗り込んだトヨタ・アルファード・エグゼクティブラウンジは、銃弾を撃ち込まれても簡単にはパンクしないタイヤに、ガラスは全て防弾、その上、F1カーのために開発されたメルセデスのエンジンを搭載した特別仕様車だ。

「英国大使館に行ってくれ」

外村は、車を発進させた。

ボディガード兼軍事アドバイザーでもある外村は、国内外の軍関係者に人脈がある。防衛大学校卒業後に、自衛隊に入ったが三年で飛び出し、フランスの傭兵《ようへい》部隊に参加というユニークなキャリアの賜《たまもの》だった。

身長が一九〇センチ、体重一二〇キロという巨漢だが、仕事ぶりは繊細かつ丁寧だった。

〝和尚の周辺を探れ。約束の時刻に姿を見せなかった〟

怜にそうメールしてから、外村に話しかけた。

「アメリカの民間軍事会社について、何か分かったことは？」

「在韓、在日の駐留米軍を、民間に移行する案は、既にペンタゴン上層部ではかなり支持されているそうです。ただ、日韓政府は、難色を示しています」

「理由は？」

「正規軍の兵士ですら色々面倒を起こすのに、それより荒っぽい傭兵なんて何をするかわからない、と住民からの反発が強まるのを懸念しています」

日本人は、永遠に平和であって欲しいと願うくせに、基地だの軍だのという存在には、過敏な拒絶反応を示す。

「日本や韓国に、とやかく言う権利なんてないだろ」

「おっしゃるとおり。ただし、ペンタゴンもホワイトハウスも、在日、在韓米軍の民間移行まではコンセンサスが固まりつつありますが、詳細は詰め切れていません。正式な通告もまだです。日韓両政府としては、翻意を求めているようですね」

「日本政府は、具体的に誰を指す？」

「官邸、じゃないんですかね」

「総理も、ということか」

「もちろん、そういう意味ですが、何か」

「いや、いいんだ。日本政府への通告を躊躇《ためら》っているのは、なぜだ」

総理の自主防衛論が気になる。

「分かりません。おそらくは、貿易問題への影響を懸念しているのではないでしょうか」

アメリカ製品を買え！　という米大統領の圧力は凄《すさ》まじい。そのうえ、半年前から、日本製品に追加関税がかけられるようになって、日米関係は、ぎくしゃくしている。

そんな最中に物議を醸しそうな新提案は、さすがに出しづらいということか。

「で、有力な民間軍事会社は、どこだ？」

「各社が受注を目指していますが、まだ、決まったわけではないとか」

「三社、横並びということか」

「当初は、日本がアメリカン・ウォーリアーズ、韓国がレッドパイレーツで決まりかけたそうですが、フォース・オブ・グローブが割って入り、両国ともFOGが独占するのではという噂もあります」

民間軍事会社について、冴木はあまり詳しくない。それでも、その三社ぐらいは知っている。

AWは米陸軍のOBが設立した会社で、元陸軍のトップや国防長官OBなどが、役員に名を連ねている。一方のRPは海軍OBが主流で、元海軍提督や元司令官、さらには元国務長官が役員に就いている。

FOGは後発組ながら、軍産ファンドが設立した企業だけあって世界中の民間軍事会社や兵器メーカーなどをM&Aして、急成長を遂げている。トップは、現米大統領のために選挙に莫大《ばくだい》な資金を投入したという親しいお友達の一人だった。

「FOGが、一番現ナマをばらまいていそうだな」

「資金力も一番ありますし、大統領に近いというのも武器です。ただ、外国駐留軍の代替のような大がかりなビジネスの経験はありません」

「ひとまず、FOGについて、もっと詳しく調べてくれ。カネはいくらでも使っていいぞ。お国がクライアントだからな」

「カネが使えるなら、やり方を変えます」

意外に道路が空《す》いていた。前方に英国大使館が見えてきた。

7

「最初に、諸君に申し上げておく。早朝に北朝鮮関連施設に対して行われた公安のガサ入れだが、確固たる裏付けがあったわけではなく、強い予断と思い込みによる勇み足だった」

予定より三十分遅れて始まった捜査会議の冒頭、捜査一課長の片山《かたやま》の断言に、会議室はどよめいた。

藤田も我が耳を疑った。

「つまり、北朝鮮は関与してないと断定されたということですか」

最前列にいた捜査官の問いに、片山は「現時点では不明だ」と答えた。

「いずれにしても、今朝の一件は、我々の捜査とは無縁だ。それで、昨夜の会議から今朝までに判明した事実を、報告してくれ」

捜査員が次々と報告するのをメモしながら藤田は、捜査が早くも暗礁に乗り上げている印象を持った。

藤田ら日韓のSPは、キム・セリョンが、何者かに命を狙われている可能性があるとして警護した。だが、黒幕が、まったく特定できていない。

実際の暗殺者が、キム選手を脅迫していた者と同一人物なのかどうかも不明だ。

続いて、遺留品についての報告があったが、科学的な検証作業の結果がまだ出ていないため、有力な情報はなかった。

そして、毒島警部補の行方も、杳《よう》として知れなかった。

不詳の身元も不明。日本人なのか、北朝鮮人なのか、韓国人なのかも不明だった。

その上、片山課長は、「本当に狙撃場所が、スタンドの屋根だったのかを裏付ける証拠もない。他の場所からの狙撃の可能性も視野に入れよ」と言い出した。

確実に判明しているのは、キム選手が、オリンピック馬術競技中に頭を撃ち抜かれて即死したことだけだ。

隣に座っていた望月が、「言いたいことがあるなら、発言すれば？」と書いたメモを、藤田の方に滑らせてきた。それに煽《あお》られたわけではないが、藤田は手を挙げた。

「何だね？」

「私は、キム選手が日本で調整を行っていた時から、警護に当たっておりました。しかし、その時も、キム選手がなぜ命を狙われているのかは、説明されませんでした。その点を、韓国の捜査陣の協力で探るべきではないでしょうか」

無言の冷たい視線が四方から浴びせられた。オブザーバーとして韓国捜査陣も、この場にいる。彼らの同席すら快く思っていない捜査員もいる。そんな中での発言に、露骨に鼻で笑う者もいた。

「片山課長、発言をよろしいでしょうか」

ソウル地方警察庁の警部が挙手をした。

「我々も、今の意見に賛成です。ぜひ、ソウルでの捜査を、日韓合同で行いましょう」

渋い表情の片山が、捜査本部の責任者である戸村と話し合っている。すぐに結論は出たようだ。

「ソウルでの捜査については、ソウル地方警察庁に一任したいと考えています。改めて正式な手続きを取りますが、一刻も早く捜査を行って戴ければと思います」

同席していた検事が、不満の声を上げている。片山はそれを無視して話を進めた。

「本日は、新たに捜査陣に百人が加わった。後ほど、捜査班の振り分けを行う。捜査の中心は、第一に馬事公苑内および、半径一キロ圏内の監視カメラだ。カメラの記録を入手し、徹底チェックを行う。

毒島捜索班も人員を増やして捜索を続ける。不詳については、本人が身に付けていた衣類等、所持品からのアプローチも加えて身元割り出しを行う。さらに、スタジアム及びその周辺に残留証拠物件がないかも、徹底捜索する。本日は競技は行われないことになったが、競技が再開されれば現場保存は不可能だ」

藤田と望月は、韓国の警護チームメンバーへの事情聴取班になった。犯人像を探るために当日を含めて警護中に不審な人物を見なかったか、さらには、キム選手の行動についても確認することになるだろう。

8

千鳥ヶ淵《ちどりがふち》公園前の在日英国大使館は、千代田区《ちよだ》一番町《いちばんちょう》にある。

アルファードの中で、タキシードに着替えた冴木は、大使館の正面ゲートで招待状を提示して、車寄せに車を着けた。

ガーデン・サロンと称された交流会が、毎月第一水曜日に、大使館内の芝生広場でランチを挟んで約三時間、開催される。

参加者は外交官が大半だが、彼らの紹介があれば、ジャーナリストや学者、そして商社などのビジネスマンの参加も可能だった。

そこに毎月、リック・フーバーが姿を見せると聞いた冴木は、友人のアダム・ウィルソンに協力を求めたのだ。

「三十分ほどで出てくる。それと、怜に連絡して、和仁の様子を知らせるよう伝えてくれ」

車を降りて、大使館スタッフに招待状を見せると、冴木は顔見知りの二等書記官に迎えられた。

「アダムのご機嫌は麗しいか、ジム?」

廊下を進みながら、冴木は前を歩く書記官に尋ねた。

「良くも悪くもなくってところでしょうか。今日は冴木さんにお会いできるのを楽しみにしていました」

本当にそうだといいのだが。

ジムが突き当たりから二つ手前のドアをノックした。

「やあ、ジロー。ようこそ、あばら屋へ」

「アダム、すっかりご無沙汰《ぶさた》してしまって」

部屋に入ると、長身痩躯《そうく》の白髪の男性が両手を広げて迎えてくれた。英国情報部の在日本工作担当官、ウィルソンは、暫《しばら》く見ない間に、髪がさらに白くなったようだ。

二人きりになると、ウィルソンは、金糸で刺繍《ししゅう》が施されたアンティークのソファを、冴木に勧めた。

「まさか、紅茶の方がいいとは、言わんよな」

冴木の答えを待たずに、ウィルソンはミニバーに近づき、ストレートグラスに酒を注いだ。

「ジローは相変わらず野蛮人の酒が好きなんだろ」

「ブッシュミルズ」というアイリッシュ・ウイスキーのことだ。若い頃、北アイルランドの過激派組織・アイルランド共和軍捜査チームに所属していたウィルソンは、一九九七年に停戦協定が結ばれた後も、アイルランド人を野蛮人と見なしている。

「ブッシュミルズ」は、ウイスキーの原点と言われる癖のない逸品なのだが、ＩＲＡ戦士が戦いの前に飲み交わす酒としても知られていた。それで、ウィルソンは会うたびに、冴木に趣味を変えるように言い続けている。

　そういう彼はサントリーの「響《ひびき》12年」しか飲まない。

「天皇陛下と女王陛下の健康に！」

　グラスを掲げて、乾杯して酒を一口なめた。

「忘れない内に、土産だ」

　長崎市野母崎《のもざき》産のカラスミと、秋田・新政《あらまさ》酒造の名酒「Ｎｏ．６　Ｘ-ｔｙｐｅ」をテーブルに置いた。

「本当に、あんたの心配りには、いつも感動しちゃうな。どうだね、今、ここで？」

「それは勿体《もったい》ない。俺は、塩分を控えるように医者に言われているんだ」

「合気道の達人が、塩分に負けるのか。笑わせる」

　頬鬚《ひげ》を撫《な》でながら、ウィルソンはパイプをくわえた。

「おたくの親戚《しんせき》の最近の動きについて知りたい」

「ガラばかりでかくて、無能な甥《おい》っ子のことだな」

　ウィルソンは、ＣＩＡをそう呼ぶ。

「今日は、ＣではなくＤについて知りたいんだ」

「国防情報局《DIA》のことか？」

「国家情報長官《DNI》について、知っていることを教えて欲しい」

「何もないな」

「イギリス秘密情報部《SIS》の生き字引のあんたに、知らないことなんてあるのか」

ウィルソンは、顔をしかめながらパイプに火を点けた。

「昔はなかった。だが、アメリカの情報機関は入れ替わりが激しすぎて、最近は何がなんだか分からないんだ」

「俺の認識では、今やDNIは、ラングレーの長官を超えた圧倒的な権力を有している」

「なんだ、ちゃんと分かってるじゃないか。それは、シドニーがいるからだ」

シドニー・パトリックは、米国統合参謀本部の副議長を経て、上院議員も務めた人物で、軍及び軍事産業界に対して絶大な影響力を有する大物だった。

「野蛮人だらけのヤンキーの中でも、シドニーのワルぶりは、極めつきだからな。あんな奴が、米国情報機関を統括する地位に就いて、もうやりたい放題だ」

「たとえば何をしたんだ」

「まずは俺たちとの長年の関係を断ち切った。米英のインテリジェンスのパイプを塞《ふさ》いだわけだ。さらに、大統領のライバルから身内に至るまで、政府高官や有力議員への盗聴、盗撮もやりたい放題だ。挙げ句が、外国高官に対しては、ハニートラップから暗殺まで、何でもござれだ」

一九二四年からFBIの長官を務め、政府要人への盗聴など権力の濫用が甚だしかったエドガー・フーバーが有名だが、その彼すら裸足《はだし》で逃げ出すという噂を耳にしたことがある。だが、そこまでとは……。

「だから、最近の甥っ子の動きは、さっぱり分からん」

「在日在韓米軍を民間移行するという話については？」

「らしいね。だが、それは我が国とは無縁だからね。ジローには悪いが、東アジアの安全保障については、我々は常に静観しかない」

「貴国のスタンスについては、承知しているよ。だが、日本好きのあんた個人としては、意見もあるだろう」

うまそうに煙を漂わせていたウィルソンが、パイプを灰皿に置いた。

「あくまでも個人的意見として言うならば、日本政府は、米軍の民間移行については、絶対反対すべきだ。民間軍事会社の傭兵どもは、札つきのクソばかりだからな。おそらく、沖縄をはじめ、米軍基地を抱える都市では、問題が続出するだろう。それだけではない。奴らは、戦争をした方が儲《もう》かる。だとすれば、隣国への威嚇行為ぐらいは平気でやるぞ」

「隣国とは、どこを指す？」

「どこでも。朝鮮半島だけでなく、ロシア、中国エトセトラだ。ジローは分かっていると思うが、アメリカの軍産複合体は、戦争で派手に儲けられる場所を探している。シドニーなんぞ、その筆頭だ。日韓の基地は、その発火点になるかも知れない。残念ながら、貴国の総理は事態の深刻度がお分かりでないようだ」

「彼は自主防衛論者だよ。民間移行が断行されたら、米軍を追い出しかねない」

「なんと愚かな。どうだ、ジロー、日本のために総理を暗殺しては？」

この男、時々とんでもないジョークを飛ばす。今も、俺の反応を楽しんでやがる。だが、意外に本気だったりするから、質《たち》が悪い。

「ジェイムズ・ボンドを貸してくれるのか」

「あれは、ダメだ。チェックインの時に、本名を名乗るバカだからな。それなら、デューク・トウゴウに頼め」

日本フリークのウィルソンは、日本の劇画の大ファンだった。

「残念ながら、電話番号を知らない」

豪快に笑い声を上げて、ウィルソンはグラスを掲げた。

「じゃあ、あんたがやるしかないな。合気道で一気にやっちまいな」

「で、今日ご紹介戴けるリック・フーバーだが」

「ああ。あれも、相当のワルだな」

9

最低限の治療を施されただけで、和仁はガレージ前に放り出された。

這《は》うようにして庫内に入ると、暗闇から人影が現れた。

「誰だ！」

暗闇でスマホのライトが光った。

「なんだ、怜ちゃんか」

怜は唇に指を当てて、ガレージの外をうかがうと、シャッターを下ろした。室内灯のスイッチを入れると、薄暗い蛍光灯数本が室内を照らした。

「何があったの？」

「なあに、定期報告だ」

「おたくの国は拷問を受けないと、定期報告すらできないわけ？」

感情が希薄だが、怜は言葉選びが辛辣《しんらつ》で面白い。

「まあ、そんなところだ」

「ガサ入れの件で、和尚の責任が問われたの？」

「それより、何故、怜ちゃんがここを知ってるんだ」

「愚問」

立っているのが辛《つら》くて、和仁は壁に立てかけていたパイプ椅子を引っ張り出して座った。

「治郎《じろう》は、何でも知っているか」

「ズボンを脱いで」

「おまえ、俺のことが好きだったのか」

怜は軽口に答えず、和仁のバイクスーツの両裾《すそ》を引いた。

包帯だらけの和仁の両足が剝《む》き出しになった。

怜は、ペンライトで、傷を照らしている。

「こんな治療では、化膿《かのう》するわよ」

「大丈夫だ」

「車のアクセルぐらい踏める？」

「なぜだ？」

「一刻も早くここを離れた方がいい。でもここは、監視されている。だとすると、和尚にあのクラシックカーを運転してもらって、私は後部座席に隠れているべきでしょ」

「あんたの高級車はどうする？」

「あとで取りに来るわ」

「監視の目をかわす自信があるのか」

「それより、その傷で車のアクセルが踏める？」

和仁は、腹筋に渾身《こんしん》の力を込めて立ち上がった。

怜が、愛車いすゞ117クーペに被せてあったカバーを外した。

二週間に一度は、手入れしている名車は、鈍い光の中でも、輝いて見えた。

「ちゃんと走るんでしょうね」

「当たり前だ。エンジンは、日本の高速用パトカーのエンジンに換装している」

ドアを開きイグニッションキーを回した。三〇〇〇ccのターボエンジンの音が、庫内に響き渡る。

「怪我人に申し訳ないんだけど、シャッターの開閉も、和尚にお願いする」

そう言われて、車から降りた和仁を、怜が「少しだけ待って」と呼び止めた。そして、117クーペのカバーを、怜の愛車パニガーレに被せた。

それから怜は助手席のシートを倒して、後部座席に潜り込んだ。怜が「OK」と言ってから、和仁は電動シャッターのスイッチを押した。


「で、どこに行くんだ?」

車庫から充分離れ、尾行がないのを確認してから、和仁は怜に声をかけた。体を起こしシートに座り直した怜は、注意深く後方確認してから答えた。

「池袋《いけぶくろ》東口の公営駐車場に」

「そこに何がある?」

怜は答えず、スマホに何かを打ち込んでいる。

「父さんが、事情を知りたがっている。何があったのか教えて」

「メールは、ハッキングされてないのか」

「ご心配なく、内さん特製のメッセージソフトを使っているから」

冴木の事務所には、内村と外村という部下がいる。内さんこと内村は、腕利きのハッカーで、ＣＩＡとモサドのコンピュータに侵入し、察知されなかったという伝説がある。

そして、外さんこと外村は、傭兵上がりのボディガード兼軍事情報収集のエキスパートだった。

「和尚、情報」

「職務怠慢を責められた」

「この国にあなたより偉い人がいるわけ？」

怜は北朝鮮や中国の情報機関に詳しい。

「一応、俺が責任者だ。だが、たまにはお偉方が、海を渡っておでましになる」

「誰が来たの？」

怜には、余白がない。発言は常に直截《ちょくせつ》的で、相手に即答を求める。

さて、どうしたものか。

冴木とは、お互い腹を割って情報交換をする間柄ではある。それでも、守るべき秘密はある。そして、自分を問い質《ただ》しているのは、冴木の代理とはいえ、小娘だった。

「父さんに聞けと言われた。答えて」

「ナンバー3だ」

「カン・ヨンスン？」

小娘のくせに、よく知っているな。

「何事が起きたの？」

「だから、俺の職務怠慢だ」

「それは、和尚が馬事公苑にいたのに関係している？」

「まあ、そうだ」

「ミッション・コンプリートの間違いじゃないの？　南の人気者を暗殺できたんだから。いや、違うな。そうだとしたら、面倒なおっさんが、あなたを拷問にかけないか。まさか、殺されたことが、失態だったの？」

勘が良いのは、親譲りか。

「そのあたりは、アンタのオヤジにでも話せないな。いずれにしても、俺は解放された。そこが重要だ」

「なぜ、〝北〟はキム・セリョンを守ろうとしていたの？」

「怜ちゃん、俺は何も言ってないぞ」

「答えは、顔に書いてある」

痛みでいろいろ愚鈍になっている。思わず、手で顔をなぞってしまった。

「答えてよ、和尚。なぜ、キム選手を守ろうとしたの？」

「それは、カン・ヨンスンに聞いてくれ」

「理由は聞かされていないということね。分かった。じゃあ、私に紹介して」

話がまったく噛《か》み合わない。なのに、怜はどんどん納得して話を先に進める。

和仁は、運転に集中することにした。

気合いを入れないと気を失いそうだったからでもある。

「次、信号で止まったら、運転を代わる」

「いいよ。俺は大丈夫だから」

「さっきから体が震えてるし。それに、前からこの車運転したかったの」

運悪く、交差点の信号が赤に変わった。

10

一時間余りをかけて、パクが、日本の捜査陣から提供された報告書を訳して読み上げるのを、ジョンミンは我慢強く聞いていた。

どれもこれも、カスみたいな情報で、大挙して日本にやってきた韓国メディアのネットニュースの方がよく調べられていて役に立った。

「パクさん、そこまででいいよ。悪いけどノ警部を呼んできてくれないか。さっきから携帯電話で呼んでいるんだが、応答がないいんだ。それを終えたらゆっくりお昼ご飯を食べてきていいよ」

パクは嬉しそうに部屋を出ていった。ノは馬事公苑に派遣されている警視庁の友人から情報収集をするといって出かけたきり帰ってこない。

一人になったジョンミンは、大きなため息をついて立ち上がった。

一度帰国すべきではないかという気がしてきた。

このままでは、ただ時間が無為に過ぎていくだけだ。

セリョンが殺害されたのは日本国内だが、犯人に辿り着くには、ソウルで捜査を進める方が成果を上げられる気がしてきた。

チャン室長に進言してみようか。

しかし、チャン室長の命令には絶対服従だ。ソウルに戻ることを「敵前逃亡」とみなされかねない。東京―ソウルは飛行機で移動したら二時間半ほどだ。黙って行動しても、発覚しないだろう。

脳内を見透かしたかのようにチャン室長から電話が来た。

「チャン室長、イです！」

「韓国軍の射撃大会で優勝経験のある男が、新大久保《しんおおくぼ》のホテルにいるという情報を摑んだ。男は、軍で問題を起こして除隊となり、傭兵を五年やった後、フリーランスのスナイパーとして活動している。今日、船で帰国するらしい。配下の刑事たちを連れて、横須賀埠頭《ふとう》に向かえ」

新大久保がどこにあるのかも知らないし、横須賀埠頭の場所も分からなかったが、その男が、何を意味するのかは分かった。

「男の情報について、もっと詳しく教えてください」

ジョンミンは上着を羽織り、室長の答えを待った。

「詳細についてはメールする。とにかく、横須賀へ急げ！」

運良くノとパクが戻ってきた。

「おでかけでありますか」

「横須賀がどこか、分かるか」

「神奈川県の横須賀でありますか」

知るか、そんなこと。

「そこに急行するように、チャン室長から命じられた。パクさん、悪いな、ランチは私と一緒に車内で摂《と》ってもらう」

11

フーバーが到着したという連絡を受けて、ウィルソンと部屋を出た。

それまでの時間に、彼が解説してくれたフーバー像というのは、世間で知られているのとは、全く別の貌《かお》だった。

――ジャパン・スクール（知日派）として多くの著述があるが、奴の本業は日米の金持ちどもを繋《つな》ぐブローカー、あるいはフィクサーと言った方がいい。日本贔屓《びいき》のアメリカ人という仮面の下から出てくるのは、カネさえもらえば、何でもやるという強欲男だ。

そういうフィールドで暗躍しているのであれば、冴木が知らないはずはない。なのに、ほとんど実態を掴んでいなかった。

——奴がインテリジェンスのエリアには、入ってこなかったからだよ。奴の仕事相手の大半は、財界だ。政治家もいるが、外交などとは無縁の連中が多い。

それで合点がいった。米国と東アジア、さらにロシアの動向及び日本国内で、そうしたカウンターパートと接点を持つ関係者を冴木はカバーしていた。しかし、ビジネスシーンとなると一気に疎くなる。

フーバーとシドニー・パトリックとの関係も聞いておいた。

——二人は、大統領の紹介で知り合ったそうだ。大統領は、元々ビジネスマンだからな。シドニーもフーバーも大統領に取り入り、私腹を肥やすという意味で似たもの同士だよ。

「やあやあ、これはフーバー博士。いつもながら、美人に人気があるなあ」

さっきまで散々罵詈《ばり》雑言を並べていたとは思えぬ笑顔で、ウィルソンはフーバーに近づいた。

金髪美人数人を笑わせていたフーバーが怪訝《けげん》そうにこちらを見た。

「君は、えっと」

「お忘れか。これは、淋《さび》しい。商務担当参事官のアダム・ウィルソンです」

「そうだった。失礼した」

嫌みったらしい態度だったが、ウィルソンは気にした様子を見せない。

「私の大切な友人を紹介しましょう。冴木治郎氏です。日本の内閣参与です」

冴木の肩書きについては、フーバーは権威に弱いというウィルソンのアドバイスを聞いて、内閣参与を名乗った。

「つまり、総理の助言役ということですな」

ウィルソンが補足してくれた。

「お目にかかれて光栄です、冴木さん。米国大使館特別補佐官のリック・フーバーです。リッキーと呼んでください」

日本式に、両手で名刺を差し出してきた。

「はじめまして、冴木治郎でございます。先生のご著書は、ほぼ全て拝読しております。こちらこそお目にかかれて光栄です」

「それは嬉しい。何かお気に召したものはありましたか」

「『桜とバラ』です。両国の精神的支柱の根源を大胆な視点で比較された慧眼《けいがん》に感服致しました」

実際は、目新しさの乏しい比較文化論なのだが、一点だけ面白いと感じた。

「サムライとカウボーイ」という章の一節だった。

《カウボーイとは直情型の田舎者のことで、アメリカ人は侮蔑《ぶべつ》する言葉だと思っている。一方、日本では江戸《えど》時代から国を支えてきたのは商人で、サムライは単なる乱暴な貧乏

人》

言い得て妙だと感心した。そう告げると、フーバーは大喜びだった。

二人が打ち解けたと見て、ウィルソンは離れていった。オフィスに戻って、「響12年」を飲むつもりだろう。

冴木は、近くを通ったボーイのトレーからシャンパンを取った。

「それにしても、折角のオリンピックだというのに、大変な騒動ですなあ。坂部総理がお気の毒で」

「なんとか乗り切ろうとがんばっております。それより、韓国大統領の方がお気の毒です」

冴木は話しながら、人が少ない場所へとさりげなく移動した。

「確かにそうだ。亡くなったのは、自慢の姪御さんだったとか？」

「ええ。ソウル中央地検の敏腕だったそうです。ご存知だと思いますが」

「いや、私は韓国には、あまり関心がなくてね。それより、五輪はどうなるんでしょうな。まだまだ楽しみな競技が目白押しなのに、このまま中止なんてことにならなければいいんだが」

人が三人も死んでいる事件の解明より、アスリートの活躍のほうが気になるのか。

「そこのベンチに座りませんか。お知り合いになれたので、ちょっとお知恵をお借りしたいことがあるんです」

テラス前の楡《にれ》の木陰に、ブロンズ製のベンチがあった。

ベンチに座ると、フーバーは葉巻を取り出して火を点けた。

「私の知恵を借りたいとは、どのような件で？」

「先の暗殺事件ですが、どうやら米軍の民間移管問題が絡んでいるようでして。総理から、迅速かつ穏やかな収拾をするように命じられました」

フーバーは、落ち着いた様子で葉巻を吹かしている。

「はて、狙撃されたのは、馬術の選手では？」

「検事でもありました。どうやら彼女は、駐留米軍問題のタブーに切り込んで返り討ちに遭ったようなんですよ」

「ほお、そうなんですか。しかし、その問題で私にどんなアドバイスができるのでしょうかな」

「僭越《せんえつ》ですが、博士はDNIから日本での責任者を任せられておられますよね」

惚《とぼ》け顔は、それでも変わらなかった。

「何の話です？」

「博士は、アメリカ連邦政府の十六の情報機関を束ねる国家情報長官の下で日本部門の責任者を務めておられる」

「思い出した。そうか、あんたはあの冴木か。我が駐日大使館に潜り込んでいた中国のモグラをあぶり出したスパイマスター、マジック・ジローだね」

そう呼ばれていたこともあったな。今は昔の話だが。

「博士のような方に、ご記憶戴けているとは、光栄の極みです」

フーバーは立ち上がると、握手を求めてきた。

冴木はそれに応じて立ち上がり、両手でフーバーの太く大きな手を握りしめた。フーバーの手は、汗ばんでいた。

「あんたは、合気道の達人だとも聞いた。どうだい。私をここで組み伏せられるかね」

「そんなご無体は到底」

「ぜひ、やってくれ。君の神業を自分自身で味わってみたいんだ」

やれやれ、困った御仁だ。

「本当によろしいのですか」

「ああ、気遣いなくやってくれ」

冴木は右手の指先に気を集中させた。すると握手したまま、フーバーが反時計回りに急回転した。彼の巨体が地面に打ち付けられる直前に、冴木は体を入れて受け止めた。

「す、凄《すご》い！　いや、確かにこれは神業だ。いや、冴木先生、ありがとう！」

「失礼致しました。博士、座りませんか」

フーバーは素直に応じた。

「いやあ、感動的だ。生きた伝説に会えるなんて」

「ただのしょぼくれた年寄りです。それより博士、ご相談についてですが」

「私が、長官直属の日本部門の責任者であるのは、間違いないよ。しかし、君が言った暗殺事件の話は、何も知らない」

「在日米軍の民間企業への移行についてはいかがですか。つつがなく進めるようにという指示が、DNIから出ているのでは？」

「それは言えないな」

つまり、イエスということか。

「博士、日米は最も親密かつ重要な同盟を結んでいるのですよね」

「それは、間違いない。しかし、本当に暗殺事件のことは、何も知らないんだ」

「暗殺事件は脇に置きましょう。在日米軍の民間企業移行で、どんな問題が起きているんでしょうか」

冴木に技をかけられた時に芝生の上に落ちてしまった葉巻を拾ったフーバーは、吸い口の芝を丁寧に払った上で、くわえ直した。

「問題ねえ。この問題は、国防総省マターだからね。詳しくは知らないんだ。ただ、ペンタゴンにも反対派がいるし、日本の防衛省や官邸からも抵抗がある。そのあたりは、ぜひ冴木先生からも情報を得たいところだ」

「もちろん、私でお役に立てるのであれば、いくらでも。デリケートな安全保障の交渉は外交官や軍人に委《ゆだ》ねるにしても、こういう問題が外部に漏れるのを阻止するのは、我々の責務ですから」

「それは嬉しいな。それなら、腹を割って話をしましょう。どうですか、先生。場所を変えませんか。ここは言ってみれば敵国内みたいなもので物騒だ」

いつからアメリカは、英国を敵などと呼び出したのだと呆《あき》れながら、冴木は「喜んで」と立ち上がった。

12

「もうやめませんか」

ソウル地方警察庁警護課員の四人目の聴取を終えた時に、藤田は望月に提案した。

「なぜ？」

望月はまだメモに何かを書き込み続けている。さっきのつまらない聴取で、どんな情報が得られたというのだ。

「キム選手を警護する理由を聞かされないまま、日本にやってきたと口を揃えて言ってるんですよ。聴取するだけ無駄でしょ」

「君、事情聴取した経験あんの？」

「もちろんです。つい二ヶ月前まで地域課でしたし、その前は交番勤務でした。ちゃんと――」

「いやいや悪かった。私の質問が間違いだったわ。事件捜査で聴取した経験があるのかって意味」

「ありません。しかし、捜一がやる聴取も、交番勤務がやる聴取も同じでは？」

「残念だけど、似て非なるもの。外勤や交番勤務でやるあれは、単なる事実確認よ。事件捜査の聴取は、相手がウソや隠し事をしていることを前提に、それを見抜くために、関係者全てから、丁寧に話を聞く必要があるの」

それは捜一の刑事という優越感じゃないのか。

「不満そうね。だったら、抜ければ？　別にあなたにいて欲しい理由はないから」

「自分は、邪魔でしょうか？」

「邪魔じゃないけど、役に立たない奴はいらない」

黙って聞いていたら、なんだそれは。いくら先輩でも侮辱は許さない。

「そんな怖い顔してもダメよ。この大事件に必要なのは、無駄と分かっていても、全ての可能性を潰《つぶ》そうと努める兵隊だけ。あれこれ文句を言うような奴は不要。だから、とっととお家に帰りなさい」

そう言い放つと、望月は次のＳＰを呼ぶよう通訳に命じた。

「望月さんは、今までの四人の聴取で得たものがあるとおっしゃるんですか」

「失礼よ。答える義務はない」

望月は突き放すと、メモの書き込みに戻った。

次の聴取者が部屋に入ってきた。警護隊長のチョ・ソンウだった。

「大丈夫ですか……」

思わず声をかけたくなるほど、チョ隊長は憔悴《しょうすい》しきっていた。

チョ隊長は、二人の前に進むと、踵《かかと》を鳴らして敬礼した。

「ソウル地方警察庁警護課、チョ・ソンウ警部補であります！　捜査、ご苦労様です！」

「ご苦労様です。お疲れのところ、恐縮ですが、聴取にご協力ください」

望月が椅子を勧めた。

生年月日などを聞いた後、望月は本題に入った。

「キム・セリョンさんの警護をするように命じられたと思いますが、理由はなんですか」

「キム検事の命を狙うという脅迫状が届きました。実際にソウルでも、狙われました。そのため、万全の態勢で警護に臨めと上司から命令を受けました」

「脅迫者の目星はついていたのですか」

「不明だと聞いております」

「なぜ、脅迫されていたかは」

存じません――既に聴取を終えた四人は、同じ言葉を吐いていた。

「存じません」

五人目。

「チョ隊長は、警護の責任者として日本に来られたはずですが、それでも何の情報もなしですか」

我々の職務は、対象を守ることであり、それ以外については、知る必要がありません

——と四人が答えたのと一言一句同じ台詞で、チョも答えた。

望月が、大袈裟にため息をついた。

「五人連続、同じ台詞。口裏を合わせすぎじゃないの？」

「おっしゃっている意味が、分かりません」

「日本の捜査陣には、何一つ情報を提供するな。そういう箝口令《かんこう》が敷かれているのでは？」

藤田は、己の愚かさを恥じた。皆同じ言葉を繰り返すから、これ以上の聴取は無駄と思った自分と違い、望月はそこに注目したのだ。

「そんなものは、ありません」

「ウソをつかないで！」

望月が声を張り上げた。

「あなたは、キムさんの敵討ちをしたくないの？」

「敵討ちは、警察官のすることではない」

「それでも、あなたは、人間か！」

望月が立ち上がり、険しい顔で睨んでいるチョ隊長の間近に顔を近づけた。

「いや、それでもプロか？　おたくらは、この国に五輪見物にきたんじゃない、韓国の宝物を守りにきたんだ。それをむざむざと撃ち殺された上に、捜査の協力拒否とは、恥

を知りなさい！」

「望月さん、言い過ぎです」

　藤田はたまらなくなって、思わず介入した。

「やかましい！　藤田は引っ込んでいて。チョ隊長、おたくにプロとしての矜持《きょうじ》がある なら、上官の命令のくだらなさと不毛さが理解できるでしょう。あんたらのやってること は犯人蔵匿と同じだ」

「侮辱するんですか。我々はこれ以上の聴取には応じない」

「どうぞ、ご自由に。おたくらが捜査協力を拒否したって韓国のメディアにぶちまけます」

　静かにチョ隊長が立ち上がった。頭一つ望月より大きいチョが、険しい形相で望月を見下ろしている。しかし、望月はビクともせず、挑発的に見上げている。

「祖国に、どの面下げて帰るわけ？」

　無言のまま、チョ隊長は背を向けて部屋を出ていった。

「藤田！　通訳と一緒に後を追って、宥《なだ》めてきなさい。そして、必ずネタを取ってくるのよ」

「チョ隊長、待ってください」

　藤田は英語で叫んだ。さほど喋《しゃべ》れないが、何とか通じた。

「陽介《ようすけ》、あれが日本警察のやり方か。我々に敬意のかけらも見せないのか」

通訳が追いつき、間に入ってくれた。

「望月に代わってお詫《わ》びします。でも、望月は、あなたを侮辱したわけではないと思います」

「見解の相違だな」

「あなたの立場を考えたのだと」

望月は、わざとチョ隊長を怒らせたのだと、藤田は理解している。悪い刑事と良い刑事というお馴染《なじ》みの陳腐なゲームだ。チョの警察官としての建前を理解した上で、望月は勝負したのだ。

「意味が分からない」

「あなた方は、上層部から責任を追及され、口封じも強いられた。でも、このまま我々に情報を提供しなければ、事件は闇に葬られるかもしれませんよ。だから、望月はあのような振る舞いをした」

チョ隊長の表情が緩んだ。

彼も、ゲームを理解したということだ。

そこでチョ隊長が、通訳に何かを命じた。

「私に席を外せと言ってます」

「隊長の言う通りにしてください」

「彼は日本語を解しませんよ。藤田さんは、韓国語ができるんですか」

「大丈夫。これに助けてもらう」

セリョンがプレゼントしてくれた携帯翻訳機《ポケトーク》を見せた。

通訳は呆れ顔で取調室に戻った。

「スマホを持っているか」

藤田が口を開く前にチョが言った。

英語で話すチョに、ポケトークを利用して「Ｙｅｓ」と答えた。

「じゃあ、録音しろ」

チョは周囲を気にするように見渡した。廊下は人の行き来がそれなりにある。

藤田は目に付いた部屋のドアを開いた。空室だ。

そこに二人で入り、ドアをロックした。

「どうぞ、始めて下さい」

「軽井沢で赤ペンキの水鉄砲を撃った奴を覚えているか」

忘れるわけがない。

「国情院のエージェントが、そいつを確保している」

「ほんとですか！」

「既にソウルに連れ帰っているがね」

「その男の情報は？」

「詳しくは知らないが、男は在日韓国人で、カネで雇われたと言ってる」

在日韓国人だって！

「それ以上の情報は知らない。だが、国情院を揺さぶってみろ」

「ありがとうございます。必ず、その情報を活《い》かします」

「それと、さっきは渡すのをやめようかと思ったが、実はキム検事から託された物がある」

「なんですか」

チョ隊長がポケットから、小さな靴墨の缶を手渡した。

「検事に何かあった時は、これを君に渡して欲しいと言われていた」

「えっ！」

「陽介、これがどういう意味か、分かるのか」

「さっぱり」

靴を磨けと言われたことがあったが、それ以外はまったく思いつかない。

「そうなのか」

チョ隊長が落胆している。

「これは、いつ？」

「競技の前日の夜だ。私が激励しようと部屋にお邪魔したら、何かあったら、陽介に渡して欲しいと言われたんだ」

「意図が読めないですね」

「私もそう思った。なぜ、韓国人ではなく、陽介なのか。失礼だとは思ったが尋ねたんだ。そうしたら、陽介に託すから意味があるとおっしゃった」

「開けてもいいですか？」

「お好きに」

蓋《ふた》を開けると、黒い靴墨がみっちりと詰まっていた。

どういうことだろう。

「陽介、我々SPは明日帰国する。必ずキム検事を殺した奴を捕まえてくれ」

そう言ってチョ隊長が敬礼した。

藤田も敬礼を返した。

13

怜が駐車場に117クーペを駐《と》めた瞬間、和仁は気を失ってしまった。

次に気づいた時には、段ボールで窓を目隠しした別の車に乗っていた。

体を起こそうとしたのだが、全身が痺《しび》れて動けない。

「そのまま寝ていて。医者に診《み》てもらうから」

段ボールの壁の向こうから怜の声がした。なぜ、俺が目を覚ましたのが分かったのだろうか。

和仁は、ズボンのポケットをまさぐってスマートフォンを取り出した。〝眠りネズミ〟に符牒《ふちょう》で、アラートメールを送った。

それを読めば、安全な場所に身を隠して連絡を待てという指示が伝わる。

車はスムーズに走行しているが、荷台の床は冷たく、振動も直接体に伝わってくる。

それでも、和仁は再び眠りに落ちた。

次に目覚めた時は、和仁はストレッチャーに乗せられていた。

怜が寄り添っている。

「案外、優しい子なんだな、怜ちゃん」

「別途二〇万円請求するからね」

笑ったせいで咳《せ》き込んだ。

暗い廊下を通って、和仁は手術室に運ばれた。

眩《まばゆ》い光に照らされて目を閉じたまま、麻酔で意識を失った。

深い眠りから目覚めた時、ベッドサイドには、冴木が座っていた。

「お目覚めか」

「今、何時だ?」

「午後十時を過ぎたところだ」

それは、まずい。

体を起こすと、痛みが走った。

「少なくとも今晩はじっとしていた方がいい。縫合した傷が開く」

「自宅に連絡をしないと」

「安心しろ。あんたのスマホのLINEで奥さんに連絡しておいた。急な会合が入ったので、今日は帰れないとね」

LINEだと？

なぜ、俺のスマホのパスワードを、コイツは知っているんだ。

「あれこれ詮索《せんさく》するのも、明日にすることだな。いずれにしても酷《ひど》い傷だったし、放っておけば、良くて両足切断、命も危なかったそうだ」

「礼を言う」

「洒落《しゃれ》じゃないが、言うなら、怜に言え。車を乗り換える時に、失神したあんたを担いで、荷台に放り込んだそうだ」

体が動かないから、目だけで怜を探した。

「怜は今いないよ。バイクを取りに行った。それより、カン・ヨンスンが来ているんだって」

「ああ」

「韓国の乗馬のスターが死んだのが、そんな一大事なのか」

意識が朦朧《もうろう》としているが、移動中に、怜からあれこれ尋ねられた記憶はあった。

「それは、カンに聞いてくれ」

「いつから、南のスターを守ってやるほど、おたくの国は良い国になったんだ」

「昔から、我が国は、慈愛と美徳の国家だ」

鼻で笑われた。

「それにしても、カンにしては中途半端だな。ミッションをしくじれば、死あるのみでは」

「長年の俺の実績がモノを言っただけだ」

「ウソだな。奴にとって、部下は消耗品だろ。そして、失敗は絶対に許さない」

何でも知ってるんなら、質問なんてするなよ、冴木。

冴木は黙ってこちらを見つめ、答えを待っている。

「キム選手殺害犯を捜すことで、手を打った」

「それも、ウソだな。別に犯人捜しなんてどうでもいいだろう。答えたくないなら、まあいい。その代わり、キム選手を守ろうとした理由は是非知りたい」

「理由なんか知らない。ただ、守れと」

「あんたはスタジアムで観戦していたが、いったい何人ぐらいの工作員を動かしていたんだ？　一人や二人じゃ対象の安全確保を図るのは難しかっただろう」

「我々はいつだって人手不足だ」

「〝眠りネズミ〟とは、つまらん暗号名をつけたもんだ。スリーパーだと丸わかりじゃないか」

命名したのは俺じゃないと、言い返してはいけない。

「何のことだ？」

「これからどうする？　なぜ延命できたのか知らんが、いずれは寝ぼけた〝ネズミ〟と一緒に抹殺されるぞ」

「おたくの国が守ってくれるとでも？」

ダメ元で縋《すが》ってみた。

「期待しても無駄だよ。ご存知のように、我が国は政治亡命なんてお洒落な来訪者を認めない無粋国家だから」

「座して、死を待てと？」

「俺は、そこまで非情じゃない。亡命先の仲介ぐらいは、してやってもいい」

ありがたいことだ。

「見返りは？」

「まずは、あんたが、カン将軍から新たに命じられたミッションの中身を教えてもらおうか」

「だから、言ったろ。キム選手狙撃事件の真相究明だ」

冴木が、ゆっくりと扇子をあおいでいる。

「忠誠を尽くす相手を間違ってないか」

そうかもしれない。

「キム選手が持っているという捜査資料の回収だ」

「どんな内容か知っているのか」

「米軍の不祥事の証拠だと聞いた」

「それは俺のためにも探して欲しい。それにしても、どうやって探すんだ」

「何も考えていない」

「じゃあ、一晩しっかり考えるんだな。あと一つ、条件がある。コ・ヘスが隠し持っていた資料を提供しろ」

「ヘスが何かを俺に残したというのは、あんたの目算違いだと思うが」

「いや、彼女は必ず、レイチェルから盗んだ資料を、残したはずだ」

「無茶を言うな。俺は、当分自由に動き回れないんだぞ」

「部下がいるだろう。いなければ、ウチから出してやる」

冴木は相当焦っているな。

「この二点で協力してくれたら、おまえの望む国を仲介してやるよ」

「なら、日本にしてくれ。家族だっているし、この国は住みやすい」

扇子が閉じられて、その先が和仁に向けられた。

「いいだろう。何か適当な方法を考えてやる。だが、約束を果たせなかったら、この国からあんたを放り出す」

それはつまり、死を意味する。

「分かった。その話、乗った」

14

午後十時を回っても、対象は姿を見せない。

横須賀埠頭新港《しんこう》一号岸壁を監視できる場所に駐めたワンボックスカー内で、ジョンミンの貧乏揺すりが始まった。

横須賀の埠頭に急げというチャン室長の命令だったが、現場に到着したジョンミンらは、途方に暮れた。横須賀には、長浦《ながうら》地区、新港地区、平成《へいせい》地区などに多数の接岸場所があって、一体どこで何という船を見張ればいいのか見当がつかない。チャン室長に確認したが、「不明だ。君の捜査能力が試されるな」と返ってきた。

そこで、日本語の達者なノ警部ら三人の捜査員に、外国へ向かう船の有無を調べさせたところ、三カ所の岸壁からそれぞれ、釜山《プサン》、大連《だいれん》、台湾《たいわん》に向かう貨物船の出港予定が分かった。そのいずれに乗船するのかは判別できない。ジョンミンらは三班に分かれて監視することにした。

午後五時に台湾に向かう貨物船が出港した。次いで、午後七時半過ぎに釜山行きが出港、どちらにも、怪しい人物の乗船は認められなかった。

残るは大連行きのみとなった。

ノ警部が日本の水上警察の協力を求めるべきだと進言してきたが、ジョンミンは認めなかった。

それが必要なら、チャン室長が手配したはずだ。しなかったのは、俺たちだけでケリをつけろという意味だ。

ジョンミンは大連行きの船を全員で監視することにした。

近くのコンビニで弁当を買って夕食を済ませ、ウンザリするほどの待ち時間を潰した。

そして出港予定時刻の三十分前から厳戒態勢で臨んだ。

午後九時半に出港予定だったのに、船は錨《いかり》を上げない。誰かを待っているのかも知れない。

一時間経っても、人影はなく、動きがない。既に貨物船はエンジンを始動させている。

だが、乗降するためのタラップは下ろしたままだ。

誰も乗り込まずに出港したら、チャン室長がガセネタを摑まされたということで決着する。

〝今、そちらにタクシーが一台向かっています〟

新港埠頭の入口で張り込んでいた刑事から無線が入った。

「探している男の可能性が高いな。皆、気合い入れろよ！」

力強い返事が戻ってきた。

「配置につきます」

そう言うノ警部は、防弾チョッキの上に拳銃《けんじゅう》の入ったホルスターまで装着している。チョッキはともかく、拳銃の携行は完全に違法だった。しかし、チャン室長は、相手はオリンピック級のスナイパーだと言っていた。それを相手にするのだから、これでも軽装備だった。

ノの合図で、捜査員が船の周囲に散る。

ジョンミンは、助手席から運転席に移動した。万が一の場合は、自ら追跡するつもりだ。

〝北側から、車のヘッドライトを確認〟

ジョンミンは、エンジンを始動した。

目の前をタクシーが通過していく。

〝今、捜査指揮車前を通過。集中しろ〟

ジョンミンは、ハンドルを強く握りしめ、テールランプが赤く灯《とも》るタクシーを睨みつけた。

後部ドアが開いて、肩幅の広い長身の男が降り立った。左肩にゴルフバッグを背負って、トランクの方に歩いていく。

対象の不鮮明な顔写真しか見ていなかったが、身長は、入手情報とほぼ同じだ。

「行け！」

捜査員が駆け出して、対象を取り囲んだ。

「動くな！」とノが叫んだのと、銃声が同時だった。捜査員二人が、吹っ飛ぶように倒れた。

対象が肩から担いでいたバッグの先が燃えている。

ショットガンを持っていたのか。

相手がタクシーの運転席のドアを開けた。運転手を引きずり出し、車に飛び乗る。

急発進したタクシーが鋭角にUターンして、戻ってきた。

逃げられる！　と思った瞬間、ジョンミンの足が、アクセルを目一杯踏み込んだ。タクシーの側面に激しく衝突した。

胸をしたたかハンドルにぶつけた次の瞬間にはシートベルトのせいで、思いっきりシートの背もたれに引き戻された。

クソ！　エアバッグが付いてないのか。と毒づく間もなく、勢い余った車は埠頭の係留柱に激突した。

ジョンミンは這い出るように車から降りた。

見ると、タクシーは横転しており、その周りをノ警部らが取り囲んでいる。

15

六本木の自宅前でタクシーを降りた時、冴木は殺気を感じた。

「父さん」

怜も身構えている。

「五人か」

「いえ、十人以上いるよ」

まだ、姿を現そうとしない。タクシーが走り去るのを待っているのだろう。

外村を和仁の警護のために残してきたことが仇《あだ》になったか。その上、怜と待ち合わせして食事をしたことで、娘まで危険に晒《さら》してしまった。

周囲がやたらと暗い。

事務所の保安のために、自腹を切って設置した街灯が、点いていない。準備万端で、待ち伏せたということか。

「怜、先に家に入りなさい」

「冗談。久々に巡ってきた実戦のチャンスを逃すつもりはないわよ」

暗がりから巨漢が次々と現れた。

銃を使う気はないようだ。金属バット、刃物、拳《こぶし》か……。

「怜、殺すなよ」

返事をせずに、怜が動いた。後ろ回し蹴《げ》りで一人がもんどり打って倒れた。続いて金属バットを持っている大男の股間を蹴り上げ、投げ技で地面に叩《たた》き付ける。お見事！

ますます強くなっている。

その時、冴木の背後で何かが振り下ろされ、空気が唸《うな》った。軽く肩をひねってかわし、振り向きざまに、相手の手首に気を集中した。男の手から金属バットが落ち、同時に男が路面に顔から叩き付けられる。

刃渡りの長い包丁を構えて向かってくる二人も、それぞれの肩に手を触れてなぎ倒す。背後にいる怜は、既に六人倒している。

十五人はいそうだ。

「銃に気をつけろよ」

今のところ、銃を持つ者はいなかったが、他から狙っている可能性もある。

怜が冴木の背中を押しやったと同時に、路面に弾丸が当たった。

怜が足首に装着していた手裏剣を暗闇に向かって投げる。何かに命中した音と呻《うめ》き声が聞こえると、怜はいきなり駆け出した。

その間に、冴木は刃物を突き出してくる連中を次々と倒した。

残るはあと一人となった時、男が拳銃を構えた。至近距離だ。

愚かなことに、男はすぐに撃たなかった。それどころか白い歯まで見せて笑った。その隙に、冴木が一歩踏み込み、男の手首を摑んで投げ飛ばした。その男だけは確保しようと当て身を喰《く》らわせた。

オフィスのドアが開いて、早見と内村が飛び出してきた。二人とも、金属バットを手にしている。

「安心しろ。もう終わったよ。ウッチー、明日でいいんで、街灯の照明を付け替えてくれ。全部、壊されたようだ」

「了解です。修理のついでに、街灯が破壊された時にアラートが鳴るようにしておきましょう」

「ありがたいな。早見、この男の尋問は任せた」

男を立たせた時、男の胸に孔《あな》が三つ開き、血が噴き出した。

反射的に駆け出そうとした怜の手首を何とか摑んだ。

「追うな。まだ、弾が残っている」

「父さん、肩！」

その声で鈍い痛みを自覚した。道路に血が滴っている。

「大丈夫だ、かすっただけだ」

「早見さん、父さんをお願い！」

「ダメだ。じっとしていろ。早見、男は？」

「絶命しています」

16

寝苦しい夜だった。藤田は馬事公苑内に設けられた仮眠室を抜け出した。

自然と足はスタジアムに向かった。

夜気は相変わらず生ぬるいが、開放的な場所にいると、落ち着いた。

安っぽい二段ベッドのせいで体のあちこちが凝っていた。深呼吸し、ストレッチを繰り返す。疲労で機能停止しかけていた脳に血が巡ってきた。

ジャージのポケットからソウル地方警察庁の警護隊長、チョ・ソンウから受け取った靴墨の缶を取り出した。

スタジアムは照明が落ちているので、真っ暗だった。持参したペンライトで、缶の周囲を入念にチェックしてみるが、気になるところは見つからない。

ラベルに書かれた文字でそれが乗馬ブーツ用だというのは分かった。ヴィクトリノックスの万能ナイフを取り出して、蓋のラベルを剝《は》がしてみた。しかし、ラベルの裏側にも蓋にも、メッセージらしきものは書かれていなかった。

――何かあった時は、これを君に渡して欲しいと言われていた。

チョ隊長は、缶を手渡してそう言った。

だが、藤田には、まったく見覚えのないものなのだ。この靴墨に何の意味があるのか。

見当も付かなかった。

──なぜ、韓国人ではなく、陽介なのか。失礼だとは思ったが尋ねたんだ。

チョ隊長が抱いた疑問は当然だった。

セリョンが自分のことをそんなに信用してくれていたのが驚きだった。

靴墨の缶のことは、望月にも伝えていない。

バレたら、激怒されるだろう。しかし、セリョンの遺志をまずは知らなければ。

──陽介に託すから意味があるとおっしゃった。

脳内で、チョ隊長の言葉が何度も繰り返し響いている。

分からん。

もしかして、靴墨に見えるが、まったく別の物かも知れない！

藤田は指先を靴墨に付けてみた。感触は、靴墨としか思えない。嗅いでみたが、馴染みのある匂いだ。

だとすると、あとの可能性は……。

藤田は、スタジアムのシートの上に、数枚のティッシュペーパーを重ねて広げた。ヴィクトリノックスの中から一番大きな刃を選んで、缶の縁に差し込み、ゆっくりとひと回りさせた。逆さまにして、中身をティッシュの上に落とす。

ナイフの先で靴墨の塊をほぐしていくと、何かが先端に引っ掛かった。チェーンのようだ。

ゆっくり持ち上げてみる。真っ黒になったペンダントだった。

別のティッシュでこびりついている靴墨を拭《ぬぐ》った。固い石のような感触があるようだ。丁寧に拭っていくと、細長い宝石が現れた。

これが、俺に残したかったものか……。

このペンダントがセリョンの胸で輝いていたのを思い出した。

彼女の顔や笑み、香りまで甦《よみがえ》ってきた。

宝石を目の前にかざして、ペンライトの光を当てた。

ブリリアントカットされた石が、鮮やかな群青色の光を眩いほどに放つ。

目を凝らすと、文字が書かれている面がある。

小さくて読み取れない。スマートフォンのカメラを起動して、クローズアップしてみた。

三文字ある。ハングルでも英語でもない。これは、たぶん梵字《ぼんじ》だ。

いまは判読できない。

そのままシャッターを切ると、藤田は靴墨を缶に戻し、ペンダントはティッシュに包んで、ズボンのポケットに押し込んだ。

17

警視庁には連絡しなかった。早見が呼んだ掃除屋が、遺体と弾丸を回収して行った。肩のかすり傷の治療を怜から受けてから、冴木はもう一度、現場に戻った。

「刺客ですか」

車を見送りながら、早見が呟《つぶや》いた。

「俺も大物になったものだ」

「心当たりは？」

冴木はそれに答えず、事務所に入った。

部屋に早見を案内して、冴木は氷を入れたロックグラスにブッシュミルズを注いだ。

「飲むか」

「やめておきます」

ミネラルウォーターを冷蔵庫から取り出し早見に渡した。

「それで」

「心当たりはある。本人が黒幕かどうかは分からないが、俺がフーバーに会ったせいだと思う」

「リック・フーバーに会われたんですか」

英国大使館で、アダム・ウィルソンを介してフーバーに会ったことから、その後の話までをざっと説明した。

「奴は、レイチェルの件については初耳だというので押し通した。さらに、在日米軍の民間軍事会社への委託は、時期尚早だという結論が出ているとも」

早見が、ペットボトルを持ったまま固まっている。冴木の話を聞いて、情報の整理をしているのだろう。いや、整理ではないな。本当の話をどれくらい披露したものかと思案しているに違いない。

冴木は革命の酒を味わいながら、早見の出方を待った。

「それにしても、その程度の話で、あなたを襲うんですか」

「どの程度だったら、俺は襲われてもいいんだ？」

「失礼しました。伺ったところでは、バーンズ事件と在日米軍民間移行の関係について、フーバー氏に疑問をぶつけただけですよね。何か動かぬ証拠があるわけではないのは、彼にも分かったはずです。なのに、疑惑を深めるような愚行を犯すのかと、不思議に思いまして」

「悪いが、フーバーが俺を排除しようとしたとは思わんよ。それに、今晩の襲撃は、殺すためではなく、警告だろう」

抹殺したければ、キム・セリョンのように狙撃すればいい。

「あなたを、脅迫ですか？」

笑い話だな、確かに。それほどに俺のことを知らない奴らの仕業に違いない。

「おまえはどう思うんだ？」

「私には、見当もつきません」

早見は無表情でこちらを見ている。

「ならば、頭を使って考えろ」

「フーバーでないとしたら、誰があなたを脅そうとするんですか」

「フーバーの周辺にいて、在日、在韓米軍の任務の代行を強く求めている民間軍事産業の誰かだろうな」

ノックと共に内村が入ってきて、数枚の文書を冴木に渡した。

先程、仲間に撃ち殺された男の身元が判明したようだ。

「マイケル・ジャービス、三十七歳、元海兵隊員、現在はＦＯＧこと、フォース・オブ・グローブ社の契約社員とあるな。軍歴も、華々しい。イラク、ＩＳＩＳに対する複数の作戦に参加し、二〇一七年除隊。同年、ＦＯＧと契約か。特技はクラヴ・マガ（イスラエルの近接格闘技）とピストル射撃」

早見は、それでも無反応だ。

「ウッチー、マイケル君の日本での足取りを辿れるだけ辿ってくれるか」

神経質でがりがりに痩せた内村は、爪を嚙むのをやめて、頷いた。

「オフィス周辺の監視カメラは作動していました。冴木さんと怜ちゃんの闘いぶりは、永久保存版っすよ」

「なら、奴らが、いつから張り込んでいたのか、調べてくれ。さらには、連中の身元の割り出しができないか、頑張ってくれ」

落ち着きなく頷きながら、内村は部屋を出ていった。

「FOGについて把握していることは？」

早見に尋ねた。

「アメリカの軍産ファンドが立ち上げた、民間軍事会社であるという程度しか」

ウソつきめ！

「明日午後、俺が内閣府を訪ねるまでに、徹底的に調べておけ」

早見は、そこで腰を上げた。

「話は、まだ終わっていない。フーバーに監視は？」

「まさか。相手はDNI直属の日本担当責任者なんですよ」

「それが、どうした。二十四時間監視しろ。奴が会う相手、電話やメールをする相手をすべて知りたい」

「アメリカの情報機関に、喧嘩《けんか》を売るんですか」

「売ったんじゃなく、買ったんだよ、早見」

早見のスマートフォンが鳴った。電話を受けながら、早見が珍しく驚いている。

「分かった。韓国の連中には髪の毛一本持って行かせるな。これは国家安全保障局案件に指定する。冴木治郎・内閣参与の命令だ」

電話を切ると、早見が言った。

「横須賀で、韓国の駐日捜査班が、狙撃犯を確保したそうです。今、戸村から報告がありました」

　チャン・ギョングの冷たい薄笑いが、脳裏に浮かんだ。

18

　鎮痛剤と疲労のせいで、和仁は夢と現の間を行ったり来たりしていた。

　夢の大半は、死んだコ・ヘスとの逢瀬《おうせ》だった。

　ヘスとは、二十五年近い腐れ縁だった。平壌で諜報《ちょうほう》活動員養成学校の教諭をしていた和仁の教え子の中で、屈指の生徒がヘスだった。

　和仁が東京担当工作隊長になった時に、部下としてヘスを指名した。日本語が得意だったのと、蠱惑《こわく》的な美貌《びぼう》、そして、イメージとは正反対の冷酷さは使えると思ったからだ。

　東京駐在の二年目に、二人は深い仲となった。

　尤《もっと》も、それによって彼女が工作員として甘くなるようなことはなかった。また、和仁が麻布十番《あざぶじゅうばん》で築き上げた寺の住職という偽装にも、何の影響も与えなかった。

　二人は、ヘスが都内に多数所有していたマンションの一室で逢瀬を重ねた。

　二人の関係は、どういう類《たぐ》いのものなのだろう。深い仲になっても、内心を一切口にしなかったヘスの態度からは、ほとんど何も汲《く》み取れなかった。

ただ、彼女が和仁を師として尊敬し、自らを捧《ささ》げていたという実感はあった。

——なあ、ムンシク。コ・ヘスは、あんたの昔の女だろ。なのに、おまえに何にも残さなかったのか。

ヘスとの関係を冴木に知られていたのは驚きだったが、冴木の指摘は、正しい。

ヘスは俺に何かを残すとしたら、どこに隠すんだ。そもそも、命を狙われていると知ったら、まず何をする？

不意に、記憶が甦った。昔、二人でそんな話をしたな。

俺は確か、寺のご本尊の中に残すと答えた気がする。

あの時、おまえは何と言ったんだっけ、ヘス。

ヘスが好んだ白檀《びゃくだん》の香水の香りを嗅いだ気がした。ヘスが言ったことを思い出した。

——私は自分が狙われていると知った瞬間、自分を殺すわ。そして、生き延びる。

身代わりを立てて、自らは生き残る。そして、ほとぼりが冷めるまで、けっして誰にも接触しない、という意味だ。

記憶に深く潜り込んでいくような夢から覚めた時には、白檀の香りだけが残っていた。

朦朧として目を開けると、看護師が、覗《のぞ》き込んでいた。夢の中で話をしていた女に似ていた。

「誰だ？」

「ムンシク、しゃべらないで」

看護師の目つきが鋭くなり、人差し指が唇に当てられた。

「おまえ！」

生きていたのか!!

「ここから出してあげる。まずはベッドの背を立てるわよ」

徐々に意識が覚醒《かくせい》し、視界もはっきりしてくる。自分に囁《ささや》いているのはコ・ヘスに間違いなかった。

ベッドが起きたところで、ヘスが言った。

「両手を私の首の後ろに回して、しっかりと握りしめて」

言われた通りにすると、ヘスは和仁を持ち上げ、ベッドサイドに寄せてあった車椅子に座らせた。

「必要なものは？」

「ロッカー」

といってもセカンドバッグだけだったが、ヘスはそれを取り出して和仁の膝《ひざ》の上に置き、さらに右手に銃を握らせた。

「用心のため。今、あなたの周りは敵だらけだから」

「どこへ連れて行く？」

「安全な場所」

タオルケットで銃とバッグを覆い隠し、ヘスは車椅子を押した。

個室のドアの前では、冴木の部下が警護していたはずだ。

スライドドアを開き廊下に出ると、巨漢が椅子に座り込んでいた。いびきを掻《か》いている。

「大丈夫。睡眠薬を注射しただけだから。三時間もしたら、目を覚ますわ」

暗い廊下を静かに進み、ヘスは業務用のエレベーターに乗り込んだ。

「なぜ、ここが分かった？」

「そろそろ接触すべきかと思って、今日の午後、ガレージであなたを待っていた。いきなり拉致《らち》されたでしょ。尾行してチャンスを窺《うかが》っていたんだけど、隙がなかった。そしたら、解放された。あなたが愛車で出ていくのが見えたので再び尾行して、ここに辿り着いたわけ」

長時間、ずっとこのタイミングを見計らっていたということか。

この根気もまた、ヘスの優秀さだった。

「生きていてくれて、良かった」

「おめおめと殺される訳にはいかないでしょ。ウルフと機械屋の仇《かたき》を討たないと」

涙が溢《あふ》れるほど嬉しかった。

「いずれにしても、ここは一度撤退すべきね」

地下の駐車場に辿り着くと、ヘスは確かな足取りで進み、リネン運搬車の前で止まった。

スライドドアを開くと「肩を貸すから、中に入って頂戴」と指示された。

全身傷だらけの上に、内股に酷い傷があるため、激痛が走ったが、なんとか車に乗り込んだ。

「念のため、あなたをシーツとタオルで隠す」

手際よく、和仁の周囲をリネンで包むと、ヘスはドアを閉めた。

ヘスが運転席に乗り込み、イグニッションキーを回したところで、和仁は尋ねた。

「どこに行くんだ？」

「言ったでしょ。安全な場所」

車は静かにスタートした。

19

誰もいない捜査本部の一角で、パソコンの操作をしていた藤田は、大きなため息をついた。

セリョンが残したペンダントの裏側にあった三文字の梵語をパソコンに取り込んで解析したところ、「無我」を意味すると分かったのだ。

我を消して集中せよという意味だろう。警護に際して集めた彼女のプロフィール資料の中に、座右の銘があり、それが「無我」だった。

──私は自意識過剰なところがある。そういう我を殺して、フラットで穏やかな気持ちで競技に臨みたい。

そう語っていた記事を、今はっきりと思い出していた。

無我に、別の意味があるかも知れない。藤田は気を取り直して検索に取りかかった。

無我には、無心という意味と、我を忘れる、つまり夢中という意味もある。だが、セリョンは、明らかに前者の意味として発言している。

人間や事物の根底にある永遠不変の実体的存在を否定することで苦しみから解放される、というような意味があり、仏教の根本思想のひとつだという。

皮肉だが晴れの舞台で命を落としたセリョンも、無我を証明したのかも知れない。神からすべてを与えられたような人間であっても、不変の存在でなく、いつか命は必ず尽きる──。

だがそんな感傷は、事件を解く鍵《かぎ》とは無縁だ。

Wikipedia に当たると、仏教用語で使われるパーリ語では、無我はアナッターといい、古代インド語のサンスクリット語（梵語）では、アナートマンというようだ。それも、謎を解く鍵には思えなかった。

この文字が、メッセージだという可能性は低い。

次々にサイトを検索しながら、藤田は、このペンダントから連想されるものを考え続けた。

「おっ、まだ起きてたのか」

背後から声をかけられて、藤田はギョッとして振り返った。

眠そうに目をしょぼつかせた中村と、望月がいた。二人とも、スーツ姿だ。

「お疲れ様です！」

立ち上がることで、パソコン画面を隠そうとした。

「何、やってたわけ？」

「ちょっと調べ物です。それより、こんな時間に何か？」

「今から、横須賀に行く」

「手がかりが出たんですね！」

「手がかりどころか、狙撃犯を確保しただとさ。ソウルのあの傲慢《ごうまん》検事のチームがね」

眠たいからか、望月は普段以上に不機嫌そうに言い放った。

「自分も、ご一緒させてください！」

「それは、助かる。横須賀まで運転を頼めるかね」

お安いご用だった。

藤田は、敬礼した。

20

病院で治療を受けるように勧められたが、ジョンミンは、断固として拒否した。

セリョン狙撃犯の可能性が高い男を確保したことを、チャン室長に報告すると、「警視庁に連絡するように」と命じられた。

なぜだ！　我々に、優先権があるはずだろう。

「ジョンミン、つまらない縄張り意識は捨てるんだ。韓国の検察庁の代表として、日本に花を持たせてやれ」と、とりつく島もなかった。

ノ警部たちも抗議したが、結局ジョンミンは、戸村の携帯に電話して事情を伝えた。すぐに所轄のパトカーや捜査車輌が集まってきた。神奈川県警の公安担当の警視も姿を見せた。

だが、彼らは容疑者を捜査指揮車に乗せただけで、まったく動かなかった。ジョンミンが警視に事情を尋ねると、「警察庁の指示を待っています」と返された。

日本もソウルと変わらない縦社会であり、上層部の命令が絶対のようだ。待機している間に、簡単な聞き取りをさせて欲しいと依頼したが、即座に却下された。

ヘリコプターがローター音を轟《とどろ》かせて近付いてきた。

あれで東京まで運ぶ気か。

突然、銃声が轟いて、捜査指揮車の窓が割れた。ガラスに血が飛び散る。何者かが発砲したらしい。捜査員が車に駆け寄ろうとすると、指揮車の中から閃光《せんこう》が見えた。

「検事、危ない！」

ノ警部がジョンミンの腕を摑むと、地面に引き倒して、上から覆い被さった。

凄まじい爆発音とともに金属片が降ってきた。

「検事、立って！　そして、走って下さい！」

命じられるままに立ち上がり、駆け出した。

一体何が起きている、と振り向くと、爆発の巻きぞえを食らったヘリコプターから火が噴き出した。

「もっと走って！」

張り上げたノの声をかき消すような轟音《ごうおん》と共に、ヘリコプターが爆発した。

21

サイレンを鳴らして霞が関に急行していた車中で、早見が電話を受けた。

「確保していた容疑者が、神奈川県警の捜査指揮車内で自爆したそうです」

「何だって？」

冴木の問いに即答できないほど、早見が動揺している。

「被害は？」

「指揮車内の捜査員三人が死亡。さらに、ヘリコプターが墜落したため、パイロットと警察庁の職員が一人亡くなりました」

今度は、冴木の携帯電話が振動した。

官房長官からだ。

「横須賀の一件は、聞いたよな」

「今、伺いました」

「韓国の大統領秘書室長が、大至急私と会いたいと言ってきた」

「先方は、やけに情報把握が早いですな」

「それはともかく、同席してくれ。今から韓国大使館に出向くので、大使館前で合流したい」

韓国大使館は、港《みなと》区南麻布にある。

「分かりました、向かいます。時間は？」

「あと、三十分ほどかかる」

運転手に行き先変更を告げた。

「何事ですか」

「官房長官がチェ大統領の秘書と会うそうだ。手打ちをするつもりだろう」

「何の手打ちですか」

「キム・セリョン暗殺犯は、韓国の捜査機関の奮闘により発見・逮捕したが、その後、自殺した。今後、捜査は続けるが、ひとまず一件落着したと宣言する気だろう」

早見は、まったく納得できないという顔をしている。冴木は、今朝早くに国家情報院のテロ対策室長チャン・ギョングの訪問を受けたことを明かした。

「では、でっち上げということですね」

「しかし、これでオリンピックは再開できるし、韓国大統領も帰国できる。日本の警察のメンツは丸つぶれだが、それでも、暗殺犯が逮捕された事実は残る。政治的解決ってやつだろう」

「そうですか」

そう言ったきり、早見は手元のスマートフォンに見入っている。

気に入りませんな、ぐらい言えないのか、この男は。

「そこの画面に、答えがあるのか」

「何の話です？」

「おまえは、都合が悪くなると、すぐにスマホを見る。しかし、そこには何の答えも示されていないだろう。だから、俺の方を向け」

早見が素直に従った。

「俺は、こんな茶番は許さんぞ。徹底的に捜査して、真犯人を見つけ出す。将来のことを考えるなら、おまえは離脱しろ」

「私が離脱するはずがないじゃないですか」

俺の暴走を止めるためにか。

官房長官より先に韓国大使館に到着した冴木は、正門前にマスコミが詰めかけているのを見て、車を路肩に待避させた。

そして、官房長官に事情を伝えた。それから最高検察庁総務部長の亞土の携帯電話を呼び出した。

「韓国の捜査チームを率いているのは、ソウル中央地検特捜部のチーフだと聞いています。名前は、イ・ジョンミン。彼に会いたいんですが」

「理由を伺ってもよろしいですか」

「彼と腹を割って話がしたいんです」

こんな中途半端な幕引きで、あんたはソウルに帰れるのかと煽りたいのだ。

「大至急調べて、お返事します」

亞土は優秀だ。冴木の意を汲んでくれたようだ。

電話を切った途端、今度は官房長官からかかってきた。大使館に入館手段を問い合わせたという。

「正面から堂々と入ってくれとさ。ただ、車から降りる必要はない。君が乗る公用車と私の車のナンバーを伝えた。到着したら、面倒な手続きを省いて開けてくれるそうだ」

信用して良いのだろうか。韓国側は、官房長官が入館する瞬間を、メディアの目に晒したいと考えている可能性が充分にある。

「私はともかく官房長官が、深夜に韓国大使館を訪れるのは、異常ですよ。もっと、しっかりとした対応を求めて下さい」

「今回は一刻を争う。俺は堂々と正門から入る」

こういう局面になると、あのオッサンは、男気を発揮したがるからな。まあいい。俺は忠告した。

「正門から堂々と入れというご命令だ。但し、手続きは不要だ」

運転手は頷くとUターンした。大使館前で右折のウインカーを出した瞬間、正門前にたむろしていた連中が、身構えるのが見えた。

案の定、正門前で警備員に止められた。

「身分証を拝見します」

「日本政府のものだ。フリーパスの手続きを取ってくれたはずだが」

無駄な抵抗だと思いつつ、冴木は抗議した。

「申し訳ありませんが、そんな命令は受けていません」

「早見」

名を呼ばれる前に、早見はドアのインナーハンドルに手をかけていた。

車を降りた早見は、テレビカメラの照明を当てられ、スチールカメラのフラッシュを浴び、何本もマイクとＩＣレコーダーを突きつけられた。

それらが存在しないかのような態度で、早見は門の詰め所に入った。

早見が警備責任者と交渉するのに五分ほど要した。それでようやく正門の鉄扉が開いた。

「官房長官車をスムーズに通すために、ここで待機します。先に行って下さい」

運転席の窓から車内に顔をのぞかせた早見が告げた。


早見の機転で、大森官房長官が乗った公用車はスムーズに入構した。車寄せで待っていた冴木は、館内に入ろうとした大森の肘《ひじ》を摑んだ。

「素平さん、一分だけ時間をくれ」

大森が立ち止まったので、冴木は小声で囁いた。

「事件は解決したと先方は宣言するだろうが、それは、でっち上げだ」

「何だと！」

「犯人は、他にいる。韓国サイドが大統領を帰国させたくて弄《ろう》した苦肉の策だ。だが、ここは向こうに合わせて、事件の終結宣言をしてくれ」

「どういう意味だ」

大森が怒るのは当然だが、呑んでもらうしかない。

「これ以上警察だのメディアだのに、ちょろちょろされるのが面倒なんだ。だから、終結宣言に乗ってくれ。そうすれば、五輪も再開できる」

「事件の構図は、見えているんだな」

「ほぼ。まだ確信はないが、黒幕も必ず引きずり出す。そのためにも、表向きは終結させて欲しい」

即断即決が、大森の数少ない長所だった。国家としての落とし前と、日本人としての落とし前が異なることを理解する数少ない政治家でもある。

「了解した。但し、この後で現況報告と今後の方針を説明してもらうぞ」

望むところだ。

官房長官一行は、豪華な応接室に案内された。何度か、韓国大使館を訪れている冴木の記憶では、最上級の部屋のはずだ。

「深夜に無理なお願いを致しましたのに、ご快諾戴き誠にありがとうございます」

韓国大統領の知恵袋と言われるチョン・スンウォンが、立って一行を迎えた。布袋《ほてい》腹をしたのんびり屋に見えるが、切れ者として有名だった。チャン・ギョングも控えている。

大森は丁寧に挨拶《あいさつ》をかわし、冴木と早見を紹介した。

「お呼び立てしたのは、他でもございません。オリンピック会場で非業の死を遂げたキム・セリョン選手を殺害した容疑者を、我が国の捜査陣が今夜遅く、横須賀の埠頭で逮捕しました」

「聞いております」と大森は、神妙に頷いた。

「ただ、残念なことに、容疑者は貴国の警察に引き渡された後、自爆して死亡致しました」

「その件については、容疑者の監視に問題がなかったのか、しっかりと調査をする所存です」

「いや、大森先生、そういうことはもう結構です」

「と、おっしゃいますと？」

「貴国の警察の多大なご協力を戴いた上で、キム選手の狙撃犯を確保できたのです。これで、もう充分ではないでしょうか。大統領も大変ご満足で、容疑者が自殺したことは残念だが、これ以上姪の事件の捜査で、オリンピックの進行を妨げるわけにはいかない、と申しております」

チョン秘書室長が話す間、冴木はチャンの様子を観察した。

「なるほど。そうおっしゃって戴ければ、当方としても異論はございません。ただ、狙撃犯が、どのように貴国の捜査線上に浮かんだのか。さらに、その人物を狙撃犯と特定するに至った証拠などについては、資料提供を願いたい」

いいぞ素平。

「その点については、こちらに控えておりますチャン・ギョング国家情報院テロ対策室長より、ご説明致します」

秘書室長に告げられて、チャンは分厚い文書とUSBメモリを、大森の前に差し出した。

「詳細については、捜査を束ねている内閣参与の冴木が、精査致します。ただし、総理に報告する必要があるため、要点をお聞かせ願いたい」

「本日、我が国の捜査陣が逮捕したのは、元韓国海兵隊に所属していたパク・ウソン二十九歳です。海兵隊を三年前に除隊し、その後、傭兵として紛争地帯を転々としていたのですが、一年前から暗殺を請け負う仕事を始めました」

暗殺を請け負う仕事だと。韓国では、そんなものを仕事と認めるのか、チャン。

「狙撃の依頼主は不明なのですが、ソウルでの捜査によって、パクが一週間前から日本に滞在していたのを把握しています。また、パクは釜山にいる戦友に、日本で大きな仕事をしてくるとも告げています」

その程度なら、状況証拠にもならない。

チャンが続けた。

「我々は、パクが投宿していたホテルを発見し、昨日から監視していました。そして、本日未明にチェックアウトしたことと、横須賀の埠頭から脱出を図るとの情報を得た次第です」

「いやあ、国情院は、モサド級の凄い情報機関と聞いていましたが、聞きしに勝りますな。我々がまったく把握出来ていなかった情報を、見事に集められるとは」

大森の嫌みだ。チャンは百も承知だろうが、このクソ野郎は、無表情に「お褒めにあずかり、光栄でございます」と返しやがった。

「パクがチェックアウトした後のホテルの部屋を捜索し、いくつかの重要な手がかりも入手致しました。証拠物の写真は、そちらのUSBメモリに収めてあります」

全て捏造《ねつぞう》だろうから、余り期待しない方がいいな。

「さらに我々は、パクが狙撃犯であるという決定的な証拠も入手しております」

チャンは上着の内ポケットから一枚の写真を出した。

北朝鮮の情報部の記章が写っている。

「仕事をした後、必ず現場にこの記章を残すのが、パクの手口なのです。そして、彼が横須賀で逮捕された時、これと同じ記章が、彼の鞄《かばん》の秘密ポケットから発見されました」

22

「今、マル被が、自爆したとおっしゃったんですか」

サイレンを鳴らして高速道路を疾走する捜査車輌の後部座席にいた中村は、電話の相手に、思わず声を荒げてしまった。

状況を説明していたのは、神奈川県警公安課の管理官だ。

「で、マル被は？」

「死にました。なので、わざわざこちらまで出向いて戴く必要はないかと思うのですが」

「なぜです？」

「マル被は、跡形もなく吹き飛びました。私の部下を三人道連れにして。警察庁から迎えに来たヘリコプターも墜《お》ちて、乗員に死者が出ています。現場は大混乱で、メディアも大挙して詰めかけています。この状態では、得るものは何もないと思われます」

何をバカな。そんな惨状ならば、なおさら俺たちは行かなければならないだろうが。

「お気遣いありがとうございます。だが、やはり現場に向かいます。あと三十分ほどで到着致します」

「どうしたんですか」

望月が興味津々で、こちらを見ている。

ハンドルを握っている藤田の目も、ルームミラー越しに、こちらを窺っている。

狙撃犯とおぼしき人物が、自爆した経緯を説明した。

「自爆って、どういうことですか？」

「おそらく、爆弾を隠し持っていたんだろうな」

「マジっすか！　まるで、戦場じゃないですか」

「他に神奈川県警で三人が殉職、さらにマル被を迎えにきた警察庁のヘリも墜落したそうだ」

望月が、「あり得ない」を連発して首を振っている。

「あの、係長、よろしいですか」

運転席から藤田が声をかけてきた。

「なんだ」

「なぜ、逮捕された時点で自爆しなかったんでしょうか」

確かに、それは引っ掛かる。

「どうせ死ぬなら、日本人を巻き添えにしたかったとか」

「望月、憶測で発言するな。だが、不可解ではあるな。というより、なぜ、韓国捜査陣が突然、狙撃犯を捕まえられたのかが俺には解せない」

「国情院からの情報では？」

「ほお、藤田君は韓国について詳しいんだな」

「そういう訳ではありません。ただ、最近、韓国の人に接する機会が多かったので」

大統領の姪が暗殺されたのだ。韓国は、捜査機関を総動員して容疑者を追いかけていただろう。だから、国情院が有力情報を摑んだというのは、あり得る。

「何から何まで都合のいい話ですね。韓国は、どんなことをしても、キム選手の狙撃犯を、自分たちで捕まえたかった。でも、実際は捜査に参加させてもらえなかった。それが、突然、狙撃犯の居場所を突き止めて、見事に逮捕した。サイコーにラッキーですよ」

望月の言うとおりだ。

「ところが、自分たちでろくに取り調べもせずに、日本の警察の手に委ね、その直後に犯人が自爆する。これで、真相は闇に葬られたわけですよね。

逮捕したのは狙撃犯だけで、黒幕を知る手がかりは、爆発と共に消えた。それでも、韓国捜査陣は、日本の捜査陣に真相を解明されるという恥をかかずに、幕引きができる」

そして政治的解決か。だとすれば、腹立たしい限りだ。

「そんなことは、どうでもいいじゃないですか。我々が捜査を続ければいいんです」

「あのなあ、坊や。日韓両国政府が終結宣言でもしてみろ。捜査本部は解散となって、残った数人だけが、継続捜査という名の敗戦処理をすることになるんだよ」

「まさか！　係長、本当ですか」

中村の脳裏には、六本木のホテルで惨殺されたレイチェル・バーンズ中佐の事件が浮かんでいる。

「どうなるかは、俺には分からんよ。そんなものは、上層部が考えることだ。俺たちは、地べたを這いつくばって、真相を追いかければいいんだ」

23

捜査は打ち切られるかも知れない。

藤田は、怒りでどうにかなりそうだった。

そんな中途半端な解決なんて許せない。

最重要容疑者と言われている毒島警部補の捜索はどうするんだ。

自爆した被疑者が本ボシだったとしても、そいつに暗殺を依頼した人物を特定して逮捕しなければ、セリョンに顔向けができない。

「藤田君、飛ばしすぎだ」

スピードメーターを見て、時速一三〇キロを超えているのに気づいた。

「失礼しました」

「ねぇ、藤田。ここで捜査をやめられる？」

望月の質問は答えにくかった。

「やめたくないと言ったら、続けさせてもらえるんでしょうか」

「無理だな」

望月は、残酷な女だ。

「じゃあ、望月さんは諦《あきら》めるんですか！　悔しくないんですか！」

「私は、係長次第。係長が続けるなら、付いていく」

「おいおい望月、それも間違いだぞ。俺はここで引き下がるつもりはないが、おまえは将来ある身だ。俺に付き合う必要はない、俺次第って言われてもなあ」

そこで藤田は、セリョンが遺したペンダントのことを思い出した。

事態が急展開する中、ペンダントを自分だけの秘密にしておくわけにはいかないのではないだろうか。

「あの、実は、報告していなかったことがあります」

「まさか、本当は、さっき死んだ狙撃犯の情報を知ってたとか言うんじゃないよな」

藤田は、チョ隊長から靴墨の缶を受け取ったことを告白した。

いきなり、背後からシートを蹴られた。

「あんた、何考えてんの！　そんな重大な証拠を隠蔽《いんぺい》してたなんて、クビだから！」

望月が激怒している。当然だ。

「すみません！　ただ、捜査に関係する物か、自分個人への物か分からなかったんです」

「まあいい。それで、その靴墨には何か手がかりがあったのか」

ポケットの中からペンダントと靴墨を取りだして、後ろ手に渡した。

「このペンダントは？」

「その缶の中に、靴墨に埋もれて入っていました」

望月がルームライトをつけて、さらにペンライトで宝石を照らしている。

「どういう判じ物か、分かったの？」

藤田は分かる範囲で答えた。

「つまり、肌身離さず持っていた大切な物を、藤田に託したわけ？」

「そうです」

また、シートを蹴られた。

「あんたたち、できてたのか」

「望月さん、やめてください。そんなわけないじゃないですか」

一方の中村は、じっとペンダントを吟味している。

「分かりにくいかもしれませんが、宝石には、三文字の梵字が刻まれていました。調べると無我という意味だそうです」

「無我か……。深いなあ。だが、これが事件の手がかりだとしても、難問だ。何か浮かんだのか」

「いいえ、まったく」

「この靴墨の成分は？」

望月が指摘した。

「臭いなどから判断すると、ただの靴墨だと思いますが」

「そのペンダント以外には、何にも入ってなかったんだな」

「と、思います」

「思います？　つまり、ペンダントを見つけて、手がかり発見！　って舞い上がって、チェックを怠ったってこと？」

嫌みな言い方だが、その通りだったので認めた。

「藤田は、ほんと脇が甘いよ。科捜研に回して、他にも何か入ってないか徹底的に確認してもらうわ。他に隠していることはないの？」

「ないと思います」

カーナビが、高速道路を降りるように指示している。

暫く藤田は、運転に集中した。

「藤田」

望月が呼んだ。

「はい」

「こんな大切な物を、セリョンちゃんから託されたんだ。絶対に真相を暴こう。そうじゃないと、彼女が浮かばれない」

今まで聞いたことのないしんみりした声だった。

24

「悪いけど、起きて」

頬を何度か叩かれて、和仁はようやく目覚めた。

「すまん、寝込んでしまった。ここは？」

「安全な場所」

「住所を教えてくれ」

「埼玉県川越《かわごえ》市の街外れ」

和仁が収容されていた病院は、北池袋にあった。北に一時間余り走ったということか。

周囲には竹林しか見えない。ヘスが車を停めたのは、一軒家の前だった。

「ボロ家だけど、中は快適だから。肩を貸したら、歩ける？　ここ、砂利道だから車椅子だと移動しにくいの」

「もちろんだ」

ヘスの肩を借りてすぐに後悔した。全身の傷が一斉に悲鳴を上げたからだ。

「ゆっくりでいいから。頑張って」

冷たい汗にぐっしょり濡れながら、どうにか玄関に辿り着いた。

先に運び込んだのだろう、車椅子の準備は出来ていた。

「ちょっと大変なことになっているんで、飲み物を用意する間、ニュースを見ていて」

それから和仁を車椅子に乗せて、リビングらしい板の間に連れていくと、ヘスはテレビのスイッチを入れてくれた。

〝神奈川県警によりますと、自爆したのは、韓国籍の元傭兵で、先日、東京オリンピック馬術会場で暗殺された韓国代表のキム・セリョン選手を狙撃した人物の可能性が高い、ということです〟

「冗談だろ。そんな奴が、一体どこから湧いてきたんだ」

「逮捕したのは、ソウル地検の検事と日本駐在の韓国の刑事だって。あいつら、いつからそんな魔法を使えるようになったのかしらね」

台所にいるヘスはそう言うと、リモコンで、チャンネルを変えた。

〝総理官邸です。まもなく、大森官房長官による記者会見が始まる予定です〟

「ヘス、飲み物はいい。一緒に見よう」

ヘスが、車椅子の隣に椅子を並べて座った。和仁が好きなトマトジュースを渡された。

画面は、首相官邸で記者会見する大森素平官房長官を捉《とら》えている。

〝神奈川県横須賀市の埠頭で発生した爆発事件は、ソウル中央地検とソウル地方警察庁の捜査官によって逮捕された人物が、自爆したためだという報告を、警察庁から受けました。

また、その後、韓国大統領府の秘書室のチョン室長と会談し、自爆した人物が、殺害された韓国のオリンピック馬術代表キム・セリョンさんを狙撃した人物だと特定できる証拠を提示されました。

被疑者自爆によって警察官が殉職するという痛ましい結末ではありましたが、キム・セリョン選手殺害の捜査は、ここに決着したことを両国は確認しました〟

「なんだ、この茶番は」

和仁は喚《わめ》いてしまった。

〝なお、午前十時より、オリンピックのメインスタジアムである国立競技場のプレスルームにて、坂部守和日本国内閣総理大臣と、チェ・ジェホ大韓民国大統領が、共同記者会見を行う予定です。

以上です〟

出席したメディアの質問には一切応じず、官房長官は会見を終えた。

「ねえ、一体、何が起きてるの？」

「分からん。しかし表向きは、これでキム・セリョン暗殺事件は幕引きになるんだろう」

「殺されたキム検事が捜査していた事件について、膨大な資料があるわ」

憤りを覚えていた和仁の思考回路が切り替わった。

「それは、レイチェル・バーンズ中佐が持っていた情報って奴か」

「あら、さすが、ユ・ムンシク大佐。ご名答よ。これがあれば、ウルフや機械屋さんを無惨に殺した奴らを破滅させられる」

疲労も痛みも吹き飛んだ。

「ヘス。すぐにそれを見せてくれ」

第七章　闘う男

1

「大統領の愛する姪《めい》御さんであり、大韓民国国民にとって希望の星だったキム・セリョンさんが、我が国で非業の死を遂げられたのは、日本国内閣総理大臣として、慚愧《ざんき》に堪えません。しかし、両国捜査陣の迅速かつ徹底した捜査によって、暗殺犯を逮捕できたことは、キムさんへのせめてもの手向《たむ》けとなりました。

そして、この悲劇的な事件を機に、我が国と韓国両国の友好の絆《きずな》を、強固なものにすることこそが、キムさんの死を無駄にしないことだと信じて止みません」

会見直前まで、韓国大統領と同じ席に着くのはイヤだとごねていたとは思えない心の籠《こ》もった真摯《しんし》な態度で、坂部守和総理は演説を締めくくった。

人いきれのするプレスルームの壁際で、冴木は呆《あき》れていた。

だから、俺は政治家が嫌いなんだ。

しかし、こういうパフォーマンスが、時に国民を偏った感情へと導く。それは、政治家にしかできない業《わざ》だ。その頂点に立つ総理は、感情誘導装置を司《つかさど》る教祖とも言えた。

「立派なものですな。あれぐらいのパフォーマンスを我が大統領にも望みたいものです」

チャン・ギョングがいつの間にか隣に立っている。

「それより、室長の見事な事態収拾力の方が、私には勉強になりますよ」

いかにもそうだろう、とチャンは満足げだ。九回裏ツーアウト満塁から逆転サヨナラホームランを放った四番バッター気取りだ。

「まだまだです。ここから先も、妙な煙が立たないように、冴木先生にご尽力戴《いただ》ければ、この作戦も、実を結ぶことでしょう」

これ以上つまらない捜査を続けるなってか、チャン・ギョング。

続いて、韓国大統領がマイクを手にした。

「まずは、我が最愛の姪、キム・セリョンの冥福《めいふく》を祈って黙禱《もくとう》を捧《ささ》げたいと思います」

チェ大統領は立ち上がると、十字を切り、黙禱した。坂部は驚いたように周囲を見渡してから、大統領に倣った。

折角の名演説が台無しだな、総理。猿の人真似にしか見えないぞ。

隣で、チャンが黙禱していた。

「ありがとう。死んだ姪は甦《よみがえ》ってきませんが、韓日両国の優秀な捜査陣によって、事件が早期解決したことを、喜んでいると思います。

また、国際オリンピック委員会の皆様にも感謝致します。大切な大会を一時中断して、捜査にご協力戴いただけでなく、このような場を提供して戴き、心より御礼を申し上げたい」

　完全に、坂部よりも役者が一枚上手だった。

　狙撃犯《そげき》が自殺したと知った時は、黒幕が逮捕されるまで、日本を離れないと大統領は喚《わめ》き散らした、という。なのにそんなことを微塵《みじん》も感じさせない。伯父《おじ》とはいえ、冒頭で姪のために黙禱したことで、チェ大統領の好感度は上がったろう。

　さらに、ＩＯＣへの感謝の意を口にしたことで、より大物感も出た。

「さすがにチェ大統領は、演説がお上手だ。我が方の総理とは、格が違う」

　それには応《こた》えず、大統領の演説に集中していたチャンの顔は、続く言葉を聞いて歪《ゆが》んだ。

　五輪の競技が全面的に再開されることを祝うと告げた後、それでも我が国の捜査陣は、姪暗殺の黒幕追及を止めるつもりはないと、大統領が断言したからだ。

「なんだ、あれはアドリブか」

　冴木の嫌みに、チャンが顔をしかめた。

　大統領は続けた。

「五輪競技の継続に最大限配慮しつつ、我が国は徹底的な真相究明に努めたいと考えております。寛大なる坂部総理からは、より自由に捜査を続けるご承認も戴きました。心から御礼申し上げます」

　坂部の表情が一変した。露骨に眉《まゆ》をひそめている。

司会を務める大森官房長官が、慌てて割って入った。

「以上で共同記者会見を終えたいと存じます」

「何を言っているんだ。約束通り質疑に応じろ！」

出席している記者からは、一斉に非難の声が上がった。

「もちろんです。私は、みなさんのご質問に誠意を尽くしてお答えしたいと思います。大丈夫ですよね、坂部総理」

笑みを浮かべたチェ大統領が、怒り心頭で顔に赤みが差している総理を見やる。

勝負ありだな。

チェ大統領はこれで、やりたい放題の捜査権を手に入れた訳だ。

2

〝チェ大統領は、何か誤解されている。我が国は、昨夜の狙撃犯逮捕で、日韓の合同捜査は終了したという認識です。韓国捜査機関による我が国での継続捜査を認めるつもりはございません〟

記者からの質問に、坂部総理はきっぱりと言い切った。

テレビで記者会見を眺めていた和仁は、日韓首脳の愚かさに舌打ちした。

冴木は、今頃プレスルームで頭を抱えていることだろう。

冴木の立場からすると、表向きには、キム・セリョン狙撃事件を収束させておきたい。そして、彼のフィールドで決着をつけるつもりだったろう。ところが、両国首脳が同床異夢であったため、思惑はぶち壊された。

〝坂部総理、約束を守ってもらいたい。先程二人で話し合い、合意したじゃないですか。真相究明まで、捜査は止めないと。

我々はテロに屈しない。そして、東京オリンピックという晴れ舞台を汚したテロリストを操った勢力に屈することもない〟

チェ大統領は、坂部総理の怒りの火に、さらに油を注いだ。

こいつ、何が狙いだ。こんなに日本の総理を怒らせて、思い通りの捜査ができると思っているのだろうか。

「愚かな国ね。こんな二国が仲よく滅んでも、誰も悲しまないわ」

和仁の肩に頭を預けてニュースを見ていたヘスが、侮蔑《ぶべつ》の言葉を吐き捨てた。

「ところで、バーンズ中佐の資料だが」

痛みと眠気を堪《こら》えて読み進めはしたが、途中で気力が尽きてしまった。

「在韓在日米軍の民間移行についての民間軍事会社の不正に関するリポートのようだが、固有名詞が全てニックネームになっている。おまえは知っているのか」

「いいえ、私も知らない。あれはウルフがレイチェルとファックした後に、彼女を薬で眠らせ、スマホとノートパソコンの中身の情報をコピーしたものよ。実際の名前は、さすがのウルフも聞き出せなかった」

リポートには、米国系の民間軍事会社各社が、在韓在日駐留を受注するため、米国国防総省や国務省、ホワイトハウスに猛烈にアピールした記録が、克明に残されていた。

ペンタゴンで、両国駐留軍の民間移行について議論した議事録などもあった。

日韓駐留軍の民間移行は、米国大統領の強い意向を受けて始まっていた。ところが、ペンタゴンのアジア部門や国防長官らの反対があり、大統領に翻意を促す方向で、意見がまとまりかけた。

そこから、壮絶な賄賂《わいろ》合戦が始まり、三ヶ月前、国防長官が更迭された上で、民間移行が決定した。国防長官更迭については、〝ウサギ〟とニックネームが付けられた軍事会社が暗躍したらしい。彼らが大統領を説き伏せた証拠も、レイチェルは摑《つか》んでいた。

そして、新国防長官に最も食い込んでいるのは、〝カメ〟というニックネームの会社だった。〝ハヤブサ〟という名の軍事会社が、引退した将軍を操って駐留権を得るための大逆転を狙っていた。

和仁は、日中露の各国に様々な情報源を持っていたが、米国は守備範囲外だった。

「カン大佐は、キム・セリョンが握っていた情報を出せとしか言ってないんでしょ。名称が不明でもいいんじゃないの」

だが、どこかに亡命するのであれば、もっと詳細な情報が欲しい。

「カン大佐自身が、なぜ、日本に出張ってきたと思う?」

ずっと気になっていた疑問だった。

「バーンズ中佐の情報が欲しいからでしょ」

和仁や〝眠りネズミ〟に、キム・セリョンを守れという命令が来たのも、これで合点がいく。

この捜査の中心に、キム検事がいた。バーンズ中佐の情報に欠落している部分を、彼女は補完してくれるはずだ。だから、いずれキム検事を拉致《らち》して、真相を聞き出したかったのだろう。

問題は、それを聞き出してどうするかだ。在韓在日米軍の民間移行が我が国にとって、それほどまでに重要な問題であると、和仁には思えなかった。

「おまえたちは、バーンズ中佐から得た情報について、何か上に報告したのか」

ヘスが、和仁から離れた。

「まさか。あなたを飛ばして上と通じている奴なんていないわよ」

「おまえはともかく、ウルフや機械屋が裏切っていないと言い切れるのか」

「もちろん。だって、アメリカからボーナスをせしめたら、祖国も日本も棄てるつもりだったから」

なるほど。

「おまえも、おさらばするつもりだったのか」

「まあね。あなたも、その方が気が楽でしょ」

「ヘス……」

「なに、しんみりした顔をしてるの。長い間、仕えてきたんだから、あなたの心の内なんて手に取るように分かる。だから、あなたとも、さよならしようと思った」

ウソだ。もし、そうならば、ヘスはとっくに海外逃亡している。口では、ウルフや機械屋の仇《かたき》を討つと言っているが、彼女に、そんな情けがあるとは思えなかった。つまらない復讐《ふくしゅう》より、自らの延命を優先する。それが、北朝鮮のエリート・エージェントの常識だった。

「話題が逸《そ》れたね。あなたが知りたいのは、カン大佐が日本まで出張ってきた理由でしょ」

「そうだ。奴は日本の公安に面が割れている。過去に日本で行った悪業のせいで、逮捕される可能性もある。そんな危険を冒してまで、なぜ日本に来たのか」

「レイチェルの情報が、それだけ重要だったということでしょ」

「拉致られた時も、バーンズ中佐の話は一度も出なかった。奴が知っていたのは、キム検事が、米軍の不正を調査していたことだ。彼女が重要な証拠を持参して来日していると考えていたようだ」

「だったら、やっぱり捜索の陣頭指揮を執るためでしょ」

ヘスの理屈は、正しい。だが、ヘスは、俺ほどカンを知らない。

いかなる場合であってもカンは、危険に身を晒《さら》すようなことはしない。現場には部下を投入し、自身は高みの見物を決めこむ。奴が日本に現れるとしたら、安全と確信できる時だけだ。あるいは、よほど追い詰められた時か……。

米国で情報収集するならまだわかる。韓国の検事でありスターである人物が暗殺されて、大騒ぎしている最中に、日本になんて絶対に来ない。

「奴は、明らかに焦っている。おそらく居ても立ってもいられなくて、日本に来たんだ」

「何に焦っているの？」

「一つ、思い当たる節がある。カンに拉致られた時、俺は切り札を出した」

切り札とは、朝鮮人民軍偵察総局のナンバー2、アン・ミンギ将軍だった。経過を聞いて、ヘスが感心している。

「さすがは生き残りの天才。つまり、カン大佐はアン将軍に知らせずに、独断専行をしていたということ？」

「そのようだ。カンから解放された後、将軍に連絡すると、なぜカンが日本にいるのかと尋ねられた。将軍は、俺と〝眠りネズミ〟が受けたミッションについても、ご存知なかった」

「つまり、カンは主《あるじ》を替えたかも知れない？」

「カンには、昔から色々噂がある。カネと女のトラブルを抱えて、派手な生活に溺《おぼ》れていた」

「主は、アメリカの可能性もあるわね」

「そうでもないぞ。カンを操れるなら、ロシアでも、中国でも、あるいはモサドだってカネを出す。それに、カンには主義主張がない。カネをより多くもらえるなら、主は誰でもいいと思うタイプのクソだ」

スマートフォンが、メールの受信音を鳴らした。

カンからだった。

〝二時間以内にブツを持ってこい。さもないと、彼らにはこの世から消えてもらう〟

写真が添付されていた。拘束された妻と二人の子どもが写っていた。

「ヘス、出かける」

3

共同記者会見を傍聴していた冴木のスマートフォンが振動した。外村からのメールだった。

昨夜遅く、外村は睡眠剤を打たれ、昏睡《こんすい》している間に和仁を連れ去られていた。その行方を突き止めたという連絡だった。

〝和尚は、川越の古い民家にいます。敵ではない女と一緒のようです。指示を願います〟

和仁が意識を失っている間に、彼の体内に発信器を挿入しておいた。その効果があったということだ。

敵ではない女、という文字で、相手が誰か推測できた。

会見場から出て、外村に電話を入れた。

「女の写真は？」

「あります。今、メールします」

電話を切って数秒で、写真を受信した。

思った通りの女が写っている。

しぶといな、ヘス。

外村に電話を入れた。

「一緒にいるのは、コ・ヘスだ」

「えっ、殺されたんじゃ？」

「死んだはずだよ、コ・ヘスさん、だったわけだ」

「何ですか。その変な歌？」

世代の違いを痛感した。

「そのまま、監視しろ。動きがあったら、尾行だ」

「了解しました。あの、冴木さん」

「なんだ？」

「昨晩、暴漢に襲われたと聞きました」

暴漢ではなくプロの一個小隊だよ、外村。

「そんなことも、あったかな」

「知り合いを二人、ボディガードに付けます」

「次は、狙撃されるかもしれん」

「だったら、楯《たて》になれる奴をみつくろいます。念のため、冴木さんも怜ちゃんも、防弾チョッキを」

「ボディガードは頼むが、俺ではなく怜に付けてくれ。それからチョッキは、遠慮しておく。この猛暑じゃ、着ているだけで死ぬ」

冴木は電話を切った。

ヘスが生きていた。いろんな意味で朗報だ。

今度は、内村からメールが来た。

和仁が昏睡状態の時に、彼のスマートフォンのデータを全てコピーした。また、怜が和仁の寺に侵入し、床下の部屋から、膨大なデータを手に入れた。それらを内村が解析し、〝眠りネズミ〟を特定したとある。

メールに添付された写真を見て、冴木は目を瞠《みは》った。

時々、北朝鮮は信じ難いことをしでかす。

〝眠りネズミ〟もそういう類《たぐ》いだ。

こんな奴を潜り込ませていたとは。

〝ネズミの動向を監視できるようにしておいてくれ〟

いよいよ終幕の始まりだな。

4

捜査本部の大スクリーンで中継された日韓首脳の共同記者会見を見て、中村は席を立って廊下に出た。

杜撰《ずさん》すぎる。

政治的決着をつけるなら、コンセンサスをとってくれないと。これでは捜査陣としては、やり切れないし、殉職した警官も浮かばれない。

さっきから、何度もメールを受信していた。池永や望月、そして藤田たちが送ってきており、「ここで引き下がりませんよね」と言っている。

それは、上層部が決めることだが、彼らの思いは受け止めたい。

思わぬ人物からもメッセージが入っていた。

〝ご苦労さんです。表向きは捜査終了だが、しっかりと落とし前はつけたいと思っています。

中村二段、協力してもらえますか？

冴木治郎〟

つまり冴木師範は、日本政府の依頼で真相究明に当たるということだ。

〝拝復。私でよろしければ、喜んで手足になります。光栄に存じます！〟

返信したところで、望月が姿を見せた。

「警察庁の刑事局長がご挨拶《あいさつ》されるそうです」

席に戻ると、警察庁の刑事局長が険しい表情でスクリーン前に立っている。

「本日正午をもって、捜査本部を解散する。これで終われるわけがないと考える者もいるだろうが、官邸からのお達しだ。諸君、ご苦労様でした」

そう言われても、中村班の刑事たちは、席から立とうとしない。

彼らの意思表示だった。

戸村の部下が、中村に近づいてきた。

「係長、戸村次長がお時間を戴きたいと」

戸村は中村を連れて大会議室の隣室に入った。

「中村さん、私と一緒に、貧乏くじを引いてくださいますか」

「貧乏くじ、ですか」

「キム検事暗殺の真相究明です。官房長官命令です」

えらいところからの命令だな。

中村は、敬礼した。

「光栄です。我が班員全員で継続捜査に参加するという認識でよろしいですか」

「それは、中村さんにお任せします」

戸村が、デスクに積み上げられた文書の山を指差した。

「韓国捜査陣が入手した狙撃犯についての情報です。自爆したのは、パク・ウソンという元韓国海兵隊員だそうです。そのプロフィールの詳細と日本での足取りがまとめられています」

「見るだけ無駄では？　どう考えても、あれはでっち上げでしょう。事件を収束させたかった誰かが生け贄《にえ》を作り、韓国捜査機関に逮捕させ、日本の捜査陣に身柄を引き渡した後、爆死させた」

戸村は大きなため息をついて、椅子に座り込んだ。

「あなたも、そう思われますか」

戸村も同じ考えらしい。

「狙撃者を逮捕しても、動機や背景が分からなければ、解決とは言えません。なのに、容疑者の自爆死から十二時間足らずで、両国政府のトップが捜査終了を宣言するなんて、茶番でしかないでしょう。何より、毒島警部補の行方が分からないんです。私の勝手な勘ですが、彼も殺されていると思います。しかし、このままでは、彼は暗殺集団の一味という汚名を被《こうむ》ったままになる。そんなことは、許せません」

「では、中村さんはどこから手をつけますか」

「狙撃現場で発見された不詳の、身元割りからですかね」

警視庁公安部から派遣された三十人と、機動捜査隊や外勤課員も動員して、不詳の身元を洗っているのだが、未《いま》だに判明していない。出入国在留管理庁に照会したが、遺体の指紋と合致する入国者はいなかった。

つまり日本に在住している人物ということになる。そこで犯歴のある者との照合も行ったが、ヒットしなかった。

細身という以外は身体的特徴もほとんどない、三十代と思われる男性という程度では、捜す手がかりにもならない。現場に残されていたのが、華奢《きゃしゃ》な体格では扱えないスナイパーライフルだったのも不可解だ。

「なぜ、あんな遺体を残していったのか。私には、それが分からないんです。というより現場に不詳がいる理由も、分かりません」

戸村も同感らしく頷《うなず》いている。

「ただし、一点だけ気になっていることがあるんですが。もしかしたら毒島は屋根から下りる時は、まだ生きてたのではないかと思っています」

「つまり毒島は、共犯だと？」

「可能性はあります。だとすれば、毒島は現場に残ったはずなんです」

そこで中村の推理も行き詰まってしまう。

戸村も黙り込んでしまった。

「中村さん、一度、頭を空にしましょう。そして不詳に焦点を絞って、捜査を組み立てたいと思います。今日までに分かった不詳の情報、さらに、公安が摑んでいる情報の全てをご提供ください」

ようやくまともな捜査が始まる。

そう前向きに捉《とら》えるしかない。

5

ジョンミンは、誰かに見つめられているのを感じて目を開いた。

「検事、イ検事、分かりますか」

男に呼ばれて、ジョンミンの意識が戻ってきた。

「誰だ？」

「チャン室長の遣いの者です」

ジョンミンは体を起こそうとした。だが、全身に痛みが走る。

「どうぞ、そのままで。この度は、大変なご活躍でした。チャン室長は、イ検事に心からの賛辞を贈りたいとのことです」

それを聞いて記憶が断片的に甦ってきた。

チャン室長に命令されて張り込み、俺たちはセリョンの狙撃犯が現れるのを待った。

そうだ。それで逃げようとする男の車に突っ込んで、逃走を阻止したのだった。

そこから先がうろ覚えだ。確か、大爆発が起きて、俺は……。

「光栄です。チャン室長のご指導の賜《たまもの》とお伝えください。それで、捜査の方は」

「全て終了しました。先程、韓国大統領と日本の総理が共同記者会見を開き、事件の解決が宣言されました」

そうか。よかった。

「セリョンを暗殺した首謀者は誰だったんです？」

「大変、申し訳ございません。それはお教えできません」

「なぜ？　私は、キム選手暗殺事件の捜査責任者ですよ」

「それについては、我々も知らないのです」

つまり、それだけ高度な政治事件だったわけか。

「なお、チャン室長より、伝言がございます。本日の羽田《はねだ》発最終便で、ソウルに戻るようにとのことです。チケットをこちらに置いておきます。チャン室長は、ソウルで盛大な慰労会を開催しようとおっしゃっていました」

山ほど聞きたいことがあるのに、男はさっさと病室を出て行った。

ジョンミンは、ベッドの周囲を手探りして、スマートフォンを見つけた。ディスプレイは割れてヒビが入っていたが、何とか使えそうだ。さっそくノ警部を呼び出した。

「あっ！　イ検事、意識が戻ったんですね！」

「何とかね。あんたは、今どこだ？」

「不甲斐《ふがい》ないことに、検事と同じ病院に入院しております」

ノが身を挺《てい》して爆発から守ってくれたのを思い出した。

「ノ警部、先に礼を言うべきだった。君のおかげで、命拾いした。怪我はどんな具合だ」

「背中に少々、火傷《やけど》を致しまして。でも、検事の元気な声を聞いて、気力が充実して参りました」

けなげな男だ。ジョンミンは胸が一杯になった。威張り散らしてばかりの年下の男を、彼は命がけで守ってくれた。

「それで、私に何かご用なのでは？」

「今しがた、チャン室長の遣いだという男が私を訪ねてきた。キム検事暗殺事件は解決した。だからソウルに戻るようにと言われたよ。しかし、私のおぼろげな記憶では、狙撃犯は自爆したのでは？」

「おっしゃるとおりです。即死でした」

狙撃犯を日本の警察に引き渡し、迎えのヘリを待つ間に爆発が起きたのだ。

「なのに、事件は解決したのか」

「詳細は分かりませんが、部下の話では、日本の捜査本部は解散したそうで、私たち駐日部隊も、全員帰国が決まったそうです」

ノ警部自身は安静が必要なため、三日ほど遅れて帰国するという。

「黒幕については？」

「分かりません。私が聞いたところでは、自爆した男は元韓国海兵隊員でフリーランスで狙撃を請け負っていたとか」

「では、男に動機があって狙撃したわけではない、ということになるな」

「おっしゃるとおりです」

なのに、大統領と日本の総理が事件の解決を宣言したとは、どういうことだ。

「そんなことで、いいのか」

「不本意ですが、上層部の命令なので」

「そうだな。分かった。ゆっくり養生してくれ」

事件は解決したわけではない。ただ単に、臭い物に蓋《ふた》をしただけだ。

セリョン、それでいいのか。

いいわけがない。

俺は、検事なんだ。しかも、ソウル一敏腕と言われたキム・セリョン特捜検事の生みの親なんだ。引き下がるなんて、あり得ない。

このままおとなしく帰国したら、俺は一生、自分を赦《ゆる》さないだろう。

「失礼します」

日本人独特の訛《なまり》のある韓国語で、声をかけられた。

以前、在韓日本大使館に一等書記官として赴任していた検事が病室に入ってきた。

「室谷《むろや》検事じゃないですか」

日本での捜査活動が暗礁に乗りあげたために、打開策を相談しようとしたが、そのたびに避けられていた相手でもある。

「何度も連絡を載きながら、折り返しもせず、すみませんでした」

今さら向こうから出向いてくるなんて、どういうことだ。

「今は札幌《さっぽろ》地検にいるんですが、今日は東京に用があったものですから、お見舞いにお邪魔しました」

確かに、花束を持参している。

「実は、どうしてもイ検事にお会いしたいと言う者がおりまして」

「どういう方ですか」

「日本側でキム・セリョン検事暗殺事件を継続捜査する責任者です」

6

中村が戸村と連れだって会議室を出てから、半時間以上経つ。藤田は、中村が戻ってくるのをじりじりしながら待った。他の刑事も同様で、望月などは室内をうろついている。

ようやく二人が大会議室に戻ってきた。その姿を見た望月が、「よし!」と叫んで勢い良く手を打った。中村の表情を見た藤田も、捜査を続ける許可を得たのだと確信した。

「またもや、我が班は、貧乏くじを引いたようだ。継続捜査を命じられた。ただし、継続捜査への参加は、強制しない。各人の意思を確かめさせてくれ」

中村が、淡々と告げた。

「望むところっすよ。私は、止めろと言われてもやります！」

望月が口火を切った。

「夏休み、改めて取らせてくださいよ、係長」

そう言う池永の目は嬉々《きき》として闘志が漲《みなぎ》っている。

「そうだな。保証はしないが、努力はする。で、藤田君、君はこれ以上我々の捜査に参加すると、警護課には戻れないかも知れないが、いいんだね？」

「はい、恐縮です」

「藤田にも続けさせるんですか」

戸村が中村に尋ねた。

「彼は事件解決の重要なヒントとなりそうな手がかりを見つけたんです」

「それで係長、どこから手をつけるんですか」

池永警部補は既に前のめりだ。

「最優先は、不詳の身元を割ることだ」

「ちなみに、昨夜、自爆した元韓国海兵隊員は、本当にキム選手を狙撃したホシなんでしょうか」

「違うだろうな。国情院のテロ対策室長は、容疑者の身柄を、日本に譲るように命じた。そんなことをすると思うか。容疑者は、大統領の姪にして、韓国のスターを殺した男だぞ。たとえ外交問題になろうとも、問答無用でソウルに連れ帰って、徹底的に取り調べて当然だ。なのに、日本の警察に花を持たせた。そのうえむざむざと自爆を許している」

「あれが全て韓国国情院のでっちあげなら、自爆も計画の内ということになります。しかし、自国民を巻き込むわけにはいかないから、日本の捜査車輛《しゃりょう》に移してから自爆した」

望月の意見に中村も頷いている。

「俺も、そう思っている。俺たちは、政治問題に関わるつもりはない。だが、事件を政治的に解決するために、尊い命を奪うような蛮行は許せない。俺たちの手で、事件の落とし前をつけるんだ」

7

外村から連絡が入った。

「ビショップが動き出しました。国道二五四号線を東京方面に移動中。女が運転。車種は、日産マーチ。ナンバーは、練馬《ねりま》59　ほ」

「手段は、問わない。一網打尽にしてくれ。和仁やコ・ヘスを含めて、全員だ」

「コ・ヘスですって！」

外村への指示を聞いていた早見が驚いている。

「彼女は生きていた。和尚は、カン・ヨンスンに会いに行くと見られている。カンもパクれ」

「カン・ヨンスンって……もしや朝鮮人民軍偵察総局工作大隊司令官のカンですか」

「それ以外に誰がいる。世の中は、おまえのあずかり知らないところでも動いているんだ。ソト、誰も殺すなよ」

今日も暑い一日になりそうだ。

ガラス窓を通しても熱気が染み込んできそうだった。

「大至急、埼玉県警と連携してマル対の車を発見し、尾行しろ」

早見は、次々と電話を入れていく。

結構だ、早見。たまには、国家安全保障局審議官らしい仕事もしろ。

冴木のスマートフォンが鳴った。

「亜土でございます。イ検事を乗せた車が、現在横須賀から東京に向かっております。道路は今日も五輪の影響で、どこも流れが悪くなっております。到着予定時刻は、午後二時ぐらいになりそうです」

最高検察庁総務部長とは思えない慇懃《いんぎん》な口調だった。

「イ検事の容態は？」

「移動には車椅子が必要なようですが、頭脳はしっかりと働いているようです。我が社の三番別荘に連れて行こうと考えておりますが、それでよろしいですか」

東京地検がセーフハウスとして使っている四カ所の別荘の情報は得ていた。三番は、五反田《ごたんだ》の住宅街にあった。

現在、午前十一時三十四分だ。諸々《もろもろ》のことが順調に終われば、うまく合流できそうだ。

「なお、シンガポールの清田の件ですが」

キム検事と一緒に、米軍不正を調査していた東京地検特捜部の検事のことだ。

「監視の気配を察知したため、離脱したそうです。現在は、一家全員安全だと報告がありました」

電話を切ると、早見にも告げた。

「それにしても、北の幹部をいきなり拘束するのは、やり過ぎでは？」

「パスポートの提示を求めればいいじゃないか。それで、公文書偽造の現行犯だ。もし、暴れたら公務執行妨害も付く。警官が怪我でもしたら、殺人未遂もつけてやれ」

早見が呆れかえっている。

「今は、二十一世紀です」

「ここで、北にまで勝手をされたら、収拾がつかなくなる。カン・ヨンスンの逮捕を派手に発表しろ。そのあと、不起訴にして放してやれ」

「そんなことをしたら、カンは消されます」

「それは、好都合だ。日本の敵がオウンゴールでいなくなるんだからな。それから和仁とコ・ヘスを亡命させてやりたい」

「我が国は、政治亡命を認めていません」

「難民申請すればいい」

「ご自身で、官房長官に直談判してください」

「それも、そうだな」

冴木は、躊躇《ためら》いなしに官房長官を呼び出した。

「あっ、素平さん？　今、大丈夫か。悪いんだが、北の工作員を二人、難民として受け入れて欲しい。これは、お願いではない。二人を保護すれば、レイチェルちゃんの事件が大きく進展する」

早見が呆れてこちらを見ている。

「いつから、こんな強引なやり方を覚えたんです。あなたは、常に虫の羽音よりも静かに工作をし、誰も気づかないほど速やかに事を終わらせた方だ。それが、なんですか。このドタバタは？」

「君子豹変《ひょうへん》す、だよ」

しばらくの間、気まずい空気が流れた。

「なあ、早見、俺はそんなに信用できないか」

「何の話ですか」

「俺が尋ねるまで、おまえは何の情報も出さない」

「誤解です。不詳の情報は現段階では無きに等しいです。なので、お伝えしなかっただけです」

それを真に受けるほど、俺はお人好《ひとよ》しじゃない。

「不詳は、誰に撃たれたんだ」

「旋条痕《せんじょうこん》によると毒島警部補の銃です。但し、銃は現場に残っていませんでした」

毒島が撃ったかどうかは分からない。毒島を殺した誰かが、毒島の銃で不詳を射殺した可能性も、充分考えられる。

「それから、昨夜の襲撃について、分かったことがあります。射殺されたのは、内村君が特定した人物であることが確認できました。ただ、一つ違っていた点があります。マイケル・ジャービスはフォース・オブ・グローブ社の契約社員ではありません。一ヶ月前に、FOGから契約解除を通達されていました」

また、フリーランスか。

早見に報告が入った。

「今、埼玉県警が、和仁の乗った車を捕捉《ほそく》したそうです」

8

「つけられている」

ヘスが舌打ちして告げた。シートを倒して休んでいた和仁は、ルームミラーで、後方を確認した。

「三台後ろの白のプリウスか」

「当たり」

見計らったように、手元のスマートフォンにＬＩＮＥのメッセージが流れた。冴木だ。

「おまえの後ろにいる覆面車は護衛だ、とさ」

「誰？」

「冴木だ」

「治郎ちゃんは、いつ復帰したの？」

かつて、ハニートラップを仕掛けたこともある冴木を、ヘスはそう呼ぶ。

「奴は引退したことなんて一度もないよ。死ぬまで陰謀屋だ」

「あなたと一緒ね」

〝妻子が、カンに拉致られた〟とＬＩＮＥした。

〝安心しろ。必ず奪還してやる。だから、目的地を教えろ〟

さて、教えるべきなのだろうか。

カンの居場所を冴木に教えたら、もう後戻りできない。死ぬまで北から裏切り者として追われる身となる。

和仁は頭を撫《な》でた。髪が無精髭《ひげ》のように汚らしく伸びている。

いや、既に俺はカンに見限られているだろう。

ならば、迷うことはないと、和仁はアジトの住所を伝えた。

「ところで、カンと戦って勝てると思ってるの？」

妻子が誘拐されたことを告げたとき、ヘスは、「見捨てなさい」とは言わなかった。

「どうだろうな。やってみるしかない」

「あなたらしくもない。頭を働かせなさいよ」

これでも必死に巡らしている。だが、鎮痛剤の影響もあって、頭が三〇％程度しか機能していない気がする。

「ひとまず、おまえが持っていたネタを渡す」

「それじゃ、速攻で殺されるね」

ヘスは、まったく納得していない。

「それに、日本の警察様が俺たちを守ってくださるってんだ。大船に乗ったつもりでいけばいい」

空元気ついでに、高笑いした。

「ああ、もう！　ユ・ムンシク！　あなた、時々信じられないぐらいの楽天家になるね。相手は残酷無比のカン・ヨンスン閣下よ。一筋縄では逃れられない」

だったら逃げるか、ヘス。

どうせ、家族はカモフラージュだ。いつでも犠牲にするつもりでいた。

「バカなことを考えて、私から軽蔑されないでね」

「何も考えてないさ。とにかく、頼れるものは何でも頼って、必ずミッションを完遂する」

また、冴木からＬＩＮＥがきた。

〝追伸　おまえとコ・ヘスを、日本政府は難民として受け入れる。新しい身分とカネも用意する〟

「ヘス！」

「何よ、急に」

「本物の日本人になるってのは、どうだ？」

「本物も偽物も日本人は、嫌いよ」

「なぜだ」

「平和ボケの間抜け面を見ていると反吐《へど》がでるからに決まってるでしょ」

9

藤田と中村が見せた写真を、戸村が興味深く見つめている。青く光る宝石のついたペンダントと靴墨の缶が写っている。現物は科捜研で分析中だ。

韓国ＳＰのチョ・ソンウ隊長から、それらを受け取ったにもかかわらず、報告が遅くなった藤田を、戸村は咎《とが》めなかった。

「中村さんには、何か思い当たることはないんですか」

戸村から尋ねられると、中村は汗を拭《ぬぐ》いながら答えた。

「今のところ、何も。ただ、キム選手が、韓国の同僚や友人にではなく、短い期間警護に就いただけの藤田に、これを託したのには理由があると思います」

「韓国の関係者を誰も信用していなかったということですか？」

「どうでしょうなあ。そうかも知れません。キム選手は、ソウルにいる時から殺人予告を受け取ったり、命を狙われていたようです。周囲の者に対して疑心暗鬼になっていたかも知れません。それに藤田は、軽井沢の厩舎《きゅうしゃ》が放火された時、命がけでキム選手を救った恩人ですから」

だが、結局は救い切れなかった――。あの瞬間を思い出すたび、感情が暴発しそうになる。

「マジっすか！　ちょっと待ってください！」

誰かと電話で話していた望月が、声をあげた。

「今、科捜研から電話なんだけど。藤田、あの宝石って、タンザナイトっていうんだって！」

「えっと、それが何か」

「科捜研の担当者は、キム選手の馬の名前もタンザナイトだったから、何か関係あるの

では って」

頭の中でスパークが起きた。そうだ、その通りだ！　馬の首に、小さな青い石が掛けられていたのも思い出した。

藤田は駆け出した。

タンザナイトは今日、ソウルに帰すと聞いていた。

廊下ですれ違った何人かを突き飛ばして、藤田は全力疾走した。

「こら、藤田、ちょっと待て。暴走すんな！」

望月の悲鳴に近い怒声が追いかけてくる。

馬事公苑本館を飛び出し、厩舎に入ったところで、胸が苦しくなった。足がもつれかけている。それでも、藤田は駆けた。

キム・セリョンの愛馬、タンザナイトの馬房に到着した時に、望月に背中を叩《たた》かれた。

「一人で行くな、バカ！」

そして、馬房にタンザナイトは、いなかった。

「あの！　タンザナイトは？」

胸に日の丸のワッペンをつけた厩務員に声をかけた。

「韓国チームの馬のこと？　一時間ほど前に、出て行ったよ」

行き先は、羽田空港だという。韓国大統領が帰国する飛行機に乗せて、一緒にソウルに戻るらしい。

また、駆け出そうとしたところを、望月に足払いされた。もんどり打って倒れた藤田は、さすがに怒って抗議した。

「何するんすか！」

「少しは落ち着きなさい、藤田。タンザナイトに何があるの？」

「馬の首に、同じ宝石とロケットがつけられてたんです」

セリョンは、あのロケットのことを伝えようとしたんだ！　藤田の直感が叫んでいる。

「急ぎます。行っていいすか！」

「ダメだ。パトカーで追いかけるつもりでしょうが、大渋滞に巻き込まれたら、追いつけないよ」

「じゃあ、どうすれば！」

「こういう時は、偉い人に相談するの。ラッキーなことに、ここのヘリポートには、おあつらえむきなのが一機駐《と》まっている。羽田に先回りするのよ！」

ヘリポートにあったのは、ＩＯＣが調達したヘリコプターだった。委員の一人が馬術競技の観戦に利用して、そのまま駐機していた。

二人して捜査本部にとって返すと、望月が戸村と中村を説得した。

「馬にもタンザナイトのペンダントがつけられており、それと一緒にロケットも首にかけられていたと、藤田が言ってます。そのロケットに何かの情報が収められている可能性があります」

中村は、じっと黙って聞いていた。

「藤田君、愛馬のペンダントについて、キム選手から何か話されたことは、ないのかね」

「一度だけ、あったような気がします。でも、ただの雑談だったので」

「どんな雑談をしたんだね」

「すみません。それが……」

「しっかりしろ、藤田！」

望月に思いっきり肩を叩かれた。

「恐縮っす。でも、思い出せないんですよ」

「バカ！」

望月に脛《すね》を蹴《け》られた。——その痛みで記憶回路が働いた。

「思い出しました！　自分が雑談したのではなく、自分は雑談を聞いてたんです！」

練習を終えたシュミット華子とセリョンが、藤田の前で立ち話していたのだった。その時、突然、セリョンが「一番大切な物は、どこに隠すか」と言いだした。

祖母からもらった宝石箱が二重底になっていて、そこに隠すと華子が言うと、セリョンは、「私は、タンちゃんに預けておくわ」と返したのだ。

「タンザナイトの首に掛かっているロケットに入れるとおっしゃっていました。タンザナイトは神経質で気性も荒く、キム選手以外が体に触れようとしたら、警戒して暴れるとおっしゃってました」

「なんで、もっと早く思い出さないんだ、バカ！」

望月が隣で怒鳴っている。

きっとセリョンは、自分に聞かせるために話したのだ。それに気付かなかった俺は、どうしようもないバカだ！

事情を聞き終わると、戸村がヘリコプターを使用できるように交渉した。

「キム選手の馬を載せた馬運車を、警視庁の白バイとパトカーが先導している。現在、首都高中央環状線大橋《おおはし》ジャンクションの手前だ。それから、羽田での臨検許可を交渉する」

望月と藤田は、ヘリポートに向かって駆け出した。

タンザナイト！　待っていてくれ！

眼下に馬事公苑を見おろしながら、藤田は、そう念じた。

10

「室谷さん、知っている限りでいいんだ。一体、どういう方が、私と会いたいと言っているんだ」

ジョンミンは、何度も同じ問いを繰り返している。だが、その度に室谷は、「私も知らないんです」としか返さない。

レクサスの後部座席で隣り合って座り、時折スマートフォンをタップしていた札幌地検の検事は、苦笑いした。

「イ検事の熱意には、感服しました。今、ようやく上司から概要説明の許可がおりました」

そうでなくちゃ。

「やはり事件は解決したわけではないのですね」

「日本政府の上層部は、そう考えているようです」

そんな重大情報を、韓国の検事に告げて大丈夫なのか。

「そういう類いの話なら、私はその方とお会いしないほうが、よろしいのではないのかな」

「会うかどうかは、イ検事次第だそうです。ただ、必ずご興味を示されると、先方は確信しているようです」

「私は、その方と面識があるんだろうか」

「おそらく、ない、と思われます」

「それにしては、やけに自信満々じゃないですか」

「私もそう思います。ただ、イ検事としても、このまま捜査がうやむやで終わるのは、本意ではないのでは」

俺の本意まで、忖度《そんたく》してくださるというのか、そのお方は。

「失礼。別に押しつけがましいことを言うつもりはないんですよ。ただ、我が検察庁としても、この事件を、このままにしておくわけにはいきません」

「というと？」

「ご存知でしょう。キム検事は、東京地検特捜部の検事と合同で、日韓米に跨《また》がる巨大疑獄事件を捜査していたんです」

室谷は、完璧《かんぺき》な韓国語を話す。だが、ここは言い間違えたのだと思った。それで、ジョンミンは、英語で質《ただ》した。

「今、室谷さんは、日韓米の疑獄事件を捜査していたと、おっしゃいましたか」

「ええ」

「そのために、暗殺されたと？」

「それは分かりません。ただ、そうでなければ、私はここに派遣されなかったと思いませんか」

そうかも知れない。

「私が、その方とお会いすることについて、韓国政府関係者は、承知しているのでしょうか」

室谷は首をひねったが、チャン・ギョングの遣いと称する者から一刻も早く日本を去れと告げられたばかりだ。承知しているとは思えなかった。

つまり、俺は今、微妙な立場にいるわけか……。

いつもなら、それに気づいた瞬間、車から降りたはずだ。

しかし、今日は違った。

セリョン暗殺の捜査ができるのであれば、日本とでも、アメリカとでも手を組む覚悟だ。

俺は今、望んでいる道を進んでいる。

車がまた渋滞に捕まった。ソウル同様、東京の渋滞もウンザリするほど酷《ひど》い。だが、急《せ》いては事をし損じる。

11

中村は馬事公苑のスタンド屋根を目指していた。どうしても、気になることがあった。池永警部補も一緒だ。

既に、競技は再開されている。時折スタンドから歓声が響く中、中村は、関係者専用の廊下を歩いた。池永は、鑑識班から借りた現場写真などを詰め込んだディパックを背負っている。

エレベーターで最上階にあがると、噎《む》せ返るように暑かった。事件の影響で、大会日程が変更され、午前中から競技が行われていた。

既に全身に汗が滲《にじ》んで不快なところに、さらに追い討ちをかけるように、汗が一気に噴き出た。

「今日はまた格別に暑いですねえ」

池永の顔にも玉のような汗が浮かんでいる。

屋根へと続く梯子《はしご》は、天井に格納されている。非常扉脇の鉄のボックスを、キーを使って解錠する。中にあるキーパッドに暗証番号を打ち込むと、梯子がゆっくりと降りてくる仕掛けだ。

中村は水分を補給し、タオルを首筋に巻いた。

池永が最初に上った。続いて中村も慎重に上り、屋根の上に出た。

めまいがするほどの熱気で、立ち眩《くら》みがした。

小さく呻《うめ》き、しゃがみ込む。

心臓の鼓動が耳鳴りのように響く。

「係長、大丈夫ですか。何でしたら、俺一人で検証しますよ」

「年寄り扱いするな。おまえより、毎日たくさん歩いてる。ちょっと立ち眩みしただけだ。大丈夫」

息を整えて、立ち上がった。

再びスタンドから歓声が湧き上がる。アリーナが、悲劇の場所だったことを忘れるかのように、拍手がいつまでも続いた。

中村は、滑らないように注意して、屋根の上を進んだ。縁《へり》から一メートルのところに、

×印があって、1と記されている。

　事件当時の毒島警部補の配置場所だ。狙撃の瞬間に、ここに毒島がいたかどうかは未確認だ。

　No．1ポイントの周囲には、無数の印がある。遺留品を採取した場所だ。鑑識の資料には気になることはほとんどなかった。

　ただ、毒島の存在を裏付ける微細遺留品が見つかっている。一つは、靴のソールの溝から零《こぼ》れ落ちた泥だった。

　毒島は、馬事公苑に到着した直後、一人で厩舎に足を運んでいる。現場の入念なチェックは毒島の習慣で、必ず、周辺を一巡する。靴底の泥はその時のものだ。

　さらに、靴墨成分も検出された。SAT隊員は、全員徹底的に靴を磨き上げている。毒島のものはアメリカ製で、馬事公苑に派遣されたSAT隊員のうち、それを使用していたのは、毒島一人だった。

　そうした、鑑識のデータを確認した後、中村らは匍匐《ほふく》前進して、眼下を覗《のぞ》き込んだ。

　障害馬術の選手が、アリーナ内に設定された障害を、華麗に跳んだところだった。

「うう、熱いな。試合前からここに陣取ってたら熱中症になっちまいますよ。防熱シートか何か必要ですね」

　だが、そんな物は、現場に遺留されていなかった。

「もしかしたら、風で、飛んでいったのかも知れない。他のSAT隊員が、どうしていたのかを尋ねてくれ」

シートが見つかれば、他にもいろいろ遺留証拠があるかもしれない。

それにしても、毒島はなぜ、現場から消えたのか。そして、いつ、消えたのか。

「スナイパーがここに来て消えるまで、どれくらい要するだろう」

「二人のSATを排除した上で、あのバカでかいスナイパーライフルをセッティングしたんですよね。いくら手際がよくても、二十分、いや俺なら三十分は欲しいですね」

「それだけあれば理想だが、まあ二十分だろうな」

池永が、ファイルを開いて何かを探している。

「キム選手が狙撃される二分前に、毒島警部補と殺された本所《ほんじょ》巡査部長の二人が、SATの隊長からの問い合わせに『異常なし』と返答しています」

そうだ。それも引っ掛かっていたのだ。

「それが事実なら、ここには二分前まで、スナイパーはいなかったことになるな」

「二分足らずでSAT二人を片づけて、ライフルを準備してキム選手を撃つのは、無理です。別の場所から狙撃したということですか」

中村は周囲を見渡した。だが、狙撃可能な場所は他にはない。

「ここに放置されたスナイパーライフルから発射されたことは、既に鑑識が特定している」

藤田が屋根に上がってくるまでの約十分間に、毒島は消え、本所と不詳の遺体が残された。

「どんな魔法を使えば、そんな芸当ができるんですかね」

魔法か。しかし、これは現実に起きたのだ。

「狙撃二十分前に狙撃手が屋根に上ってきたとすると、何が起きる？」

「毒島か本所のいずれかが、まず隊長に緊急報告を入れて、二人で狙撃手を排除しますね。相手の方が上手《うわて》なら、SATの二人が気づく前に殺してしまうかも知れない」

その通りだ。

「その場合、幽霊が『異常なし』と返すのか」

「別の誰かが、二人に代わってそう言ったのでしょうか」

二人を殺害したスナイパーが狙撃準備をしている間に、不詳が『異常なし』と返したか――。

「そうすると不詳にも役割ができるな」

「『異常なし』の一言を言うために？　でも、それぐらいならスナイパーが言えばいいじゃないですか」

「スナイパーは、日本語が喋《しゃべ》れないとしたら？」

「なるほど。もしかしたら、不詳は日本語が話せたから現場に連れてこられたのかも知れない」

そう言いながらも、池永は腑《ふ》に落ちないようだ。中村もまだしっくりこない。

「アメリカ人だった可能性だってある」

「スナイパーがアメリカ人の可能性ですか。それは、ちょっと飛躍しすぎじゃないですか」

バーンズ中佐の一件と関連があるかも知れないと、池永に言った。

「あのSM殺人とですか。さすがに荒唐無稽《むけい》では？」

普通はそう考える。だが先ほど冴木から連絡があり、キム暗殺事件とバーンズ殺害事件は繋がっているかも知れないとのことだった。冴木が言うなら、一考の余地がある。

「いずれ分かるだろう。それより、まず毒島だな」

「係長、毒島共犯説についてはどうお考えですか」

それが、一番シンプルで分かりやすい。

だが、公安と刑事が競うように毒島の身辺調査を徹底的に行っているが、何も出てこない。

「俺は、殺されたと思っている。ただ、それは、ここじゃない」

「じゃあ、どこなんですか」

それが分かれば、事件は一気に解決へと突き進む気がする。

「俺達は大事なことを、たくさん見落としている気がします。俺が一番気になっているのは、監視カメラに、何も映っていないことです」

そうだ。それもある。

「何か細工が施されてないか、映像解析班に、再度精査させています」

既に、捜査本部は解散した。しかし、このままでは終われないと考える一部の刑事らは、現在も独自に捜査を続けている。映像解析班もそうだ。

いや、俺が引っ掛かっているのは、映像じゃないんだ。なんだろう。

また歓声が上がった。

「なあ、殺された本所巡査部長だが、彼の遺体は、彼の配備地点から随分離れたところにあったよな。いつ移動したんだ。反撃するにしても、回避するにしても、おかしくないか」

「そうですね。確かに、彼はなんで、あんな場所で殺されたんでしょう」

重大な見落としをしていたことに、中村は気づいた。

「俺たちは毒島については、徹底的に身辺調査をしたよな。けど、本所については、どうなんだ。彼も洗ってみたのか」

12

「まもなく目的地に着きます」

運転手が告げた。

車が壁の高い邸宅の前で停まると、勝手口から男が近づいてきた。

運転手から用件を聞くと、男は後部座席を覗き込んだ。

「冴木参与、早見審議官、お待ちしておりました。正門の方へお廻りください」

「知ってる顔か？」

冴木が早見に尋ねた。

「殿谷《とのがい》元情報官の秘書です。三年前から仕えています。前歴は、米国の軍事総合研究所の主席研究員でした」

「どこの総研だ？」

「アメリカ軍事情報総研」

「聞いたことがないな」

「アメリカの軍産ファンドの息が掛かっています」

つまり、胡散《うさん》臭い。あるいは、カネの臭いがぷんぷんしているというべきか。

「本当に殿谷さんに、頼ってもよいものでしょうか。私はお勧めしませんが」

早見は、昔から殿谷を嫌っているようで、面談を渋った。

「奴ほどアメリカの民間軍事会社に通じてる男はいない。だったら、教えを乞《こ》うべきだ」

屋敷は古いが、贅《ぜい》を尽くした重厚感と品格を漂わせた立派な佇《たたず》まいだった。

邸宅の玄関には、目黒平和総合研究所というプレートと殿谷という表札が並んでいる。

確か元は、華族が所有していた物件が流れ流れて、バブル経済崩壊後に、外資の手先の所有物となった。

そこに居を構えているということは、殿谷もまた、外資の手先ということだ。

殿谷は、防衛省情報本部《DIH》で長年、米国国防総省の窓口を務めた。防衛大学を卒業し、陸上自衛隊でエリートコースを駆け上がったが、権力志向が強く、その上カネと女にルーズなため、いつの間にかすっかり米国に取り込まれていた売国奴というのが、冴木の評価だ。

日本には情報機関は存在しないと言われているが、組織としては、かつて冴木も責任者を務めた内閣情報調査室や、ＤＩＨなどが存在する。殿谷のような男を飼っておくことで、米国国防総省の意向が汲《く》み取れるし、外交ルートとは別の方法で、日米間の軍事問題のすりあわせもできる。

冴木は、早見とともに座敷に案内された。床の間には、立派な甲冑《かっちゅう》と日本刀が鎮座していた。

まあ、今の住人に、その価値がどこまで分かっているのかは定かでないが。

無粋なことに、畳の上にテーブルと椅子を置いている。安っぽい料理屋のようで滑稽だった。

「カンのアジトについて報告がありました。敵の総数は多くても十人程度のようです。現在、室内の様子を調査中です」

この座敷に仕込まれている盗聴器が拾えないほどの小声で、早見が呟《つぶや》いた。

「和仁の家族の救出が優先だぞ」

「そう伝えました」

静かに障子が開いた。

「いやあいやあ、治郎ちゃん、暫《しばら》く暫く」

すっかり横幅が広くなった元情報官が、右手を挙げて入ってきた。

「これは、殿谷将軍、あなたこそ、お元気そうで何より」

七十八歳とは思えぬ色つやの良い顔をした殿谷は、冴木の手を取ると嬉《うれ》しそうに両手で握手した。早見は無視されている。

「私の長年の友人を紹介するよ。アルフレッド・カムストックさんだ」

名前は知っていた。沖縄の米軍基地に出入りするブローカーの中でも、屈指の実力者だと言われている。

米国陸軍士官学校《ウエストポイント》出身で、海兵隊に十年いた後、ハーバードでMBAを取得。ペンタゴンで人脈を築いて、軍事コンサルタント会社を設立し、現在に至る。年齢は、四十八歳。

「お初にお目に掛かります。アルフレッド・カムストックと申します。日本のスパイマスターの冴木先生にお会いできて感激しています」

金髪碧眼《へきがん》の男は、流暢《りゅうちょう》に日本語を操り、お世辞も上手だった。

「いやいや、私などしがない老人です。現役バリバリのカムストックさんの前では、赤子同然です」

「ご謙遜《けんそん》を。私でお役に立てるようであれば、何でもご説明致します」

冴木の正面にカムストックが座った。

殿谷は、折角の再会だからと言って、秘書にシャンパンを開けさせた。

早見が恭しくフルートグラスを掲げて乾杯した。

殿谷は一気に飲み干すと、口火を切った。

「で、アメリカの民間軍事会社の実態を知りたいということだったが、その理由を聞かせてもらえるんだろうね」

「知らぬが花ですよ、将軍」

冴木が応じた。

「背景を知らなければ、アルも説明しようがないだろう」

いかにもとカムストックが、両手を広げる。

「分かりました。但し、厳秘でお願いしますよ」

「安心したまえ。私の口は天岩戸《あまのいわと》級に堅い」

つまり、目の前で女が踊り出したら開くってことだな、爺《じい》さん。

「先日、馬事公苑で起きた韓国の馬術代表選手の暗殺事件は、ご存知かと思います。殺されたキム・セリョン選手は、ソウル中央地検特捜部所属の検事でした」

「ほお、あんな美人で、乗馬選手で、そのうえ検事さんだったのか」

白々しい野郎だな、と思ったが、冴木は笑顔を絶やさない。

「彼女は、東京地検の検事と一緒に、在日在韓米軍にまつわる不正を捜査していました」

「なんと！　まさか、それで暗殺されたとは言わんよね」

「それで暗殺されたと、我々は考えています。そこで、将軍にお縋《すが》りして、米国の民間軍事会社についての情報提供をお願いした次第です」

殿谷がシャンパン・クーラーに手を伸ばそうとしたところで、早見が立ち上がり、全員のグラスに酒を注いだ。

「なぜ、在日米軍の不正と民間軍事会社が繋がるんだね」

「将軍、つまらぬお惚《とぼ》けはよしましょう。発端は、バーンズ・リポートです。米国大統領が、在日在韓米軍を民間移行しようと前のめりであるのは、既に知っています。アメリカの三社が指名獲得に躍起になっていることも」

殿谷は惚けた姿勢を崩さない。

「そうなのかね、アル？」

「まだまだ噂レベルですがね」

大ウソつきどものリアクションなんて見る必要もない。冴木は、二人の反応を気にせず続けた。

「バーンズ・リポートとは、米陸軍国際技術センター・太平洋、主任研究員、レイチェル・バーンズ中佐が、その実態を調査し、メディアを通じて公表しようとした文書のことです」

「何の話をしているんだ」

殿谷がなおも惚けるのをカムストックが制した。

「さすがは、スパイマスター冴木先生。よくご存知ですね。ただ、この問題は、我が国が速やかに処理致します。これ以上の詮索《せんさく》はお止め戴きたい」

「ふざけるのもいい加減にした方がいいぞ。日本は主権国家なんだ。我が国の晴れ舞台で世界が注目するスター選手を射殺するような大事件まで起こしたくせに、アメリカが速やかに処理するだと！　笑わせるな」

しかし、敵も然《さ》る者、冴木に凄まれてもカムストックは微笑みを絶やさない。

「失礼しました。しかし、これ以上、日本国内で犠牲者を出したくないのです。ですから、これは我が国で処理させて下さい」

「どこまで知ってる？」

「なんですか」

「おまえは、事件の真相をどこまで知っているのかと尋ねている」

冴木が詰め寄っても、カムストックは平然としている。

どうやら本国から徹底的に指示を受けたな。

「大して知りません。冴木先生に店じまいしていただくことについては、しかるべき筋から命じられております」

「リック・フーバーか」

「あんな下っ端ではありません」

「国家情報長官《DNI》から直接命令を受けていると言いたいのか」

「そのとおりです」

大きく出たな。

「あんたの話を裏付ける証拠は？」

カムストックが、スマートフォンを取り出して、どこかに電話をかけた。

「長官、夜分に失礼します。今、目の前にいます。替わります」

カムストックが電話を差し出した。

「冴木だ」

「ＤＮＩのシドニー・パトリックだ。色々迷惑をかけてすまないね」

13

カンのアジトに、あと十分もあれば着くというのに、冴木からの連絡がない。

「このまま向かっていいのね？」

ヘスに尋ねられても和仁には、答えようがなかった。

冴木に電話を入れるしかない。

スマートフォンを手にした時に呼び出し音が鳴った。だが、かけてきたのは冴木ではなく、怜だった。

「和尚、父さんは今、手が離せないの。だから、私が代わりに連絡する。今、どこ？」

目に入った交差点の名を告げた。

「そのままもう少し走ったら、左手にガストが見えてくる。そこに入って。清掃会社の白いバンが駐まっている。その隣に駐車して」

答える前に、電話は切れていた。

「ガストの駐車場に入れとさ」

「治郎ちゃんから、電話が来たのね？」

「怜からだ」

「あの子は、信用できないわよ。治郎ちゃんをバックにつけて、世界中の情報機関からカネをせびっている」

それは、俺も似たようなものかも。だが、怜は冴木の命令だけは遵守する。

前方三〇メートルにファミレスが見えた。

ヘスは、ウインカーを出した。ルームミラーで確認すると、後続の覆面パトカーは駐車場に入らず通り過ぎた。

清掃会社のバンは、駐車場の一番奥に駐車していた。隣が空いている。

「あの白いバンの隣に駐めろ」

車を横付けすると、バンのドアがスライドした。ヘスがこちらを見て言った。

「ムンシク、じゃあここでお別れね」

「なんだと！」

「私は日本人になるつもりはない」

「まさか、北に戻る気か？」

「冗談でしょ。もう国家とか大義とかに縛られるのに、ウンザリしてる。だから、一人で生きることにした」

和仁は、ヘスの腕を掴んだ。

「おまえは、俺から離れちゃいけない。それに、日本人になれというわけじゃない。偽装をまた変えるだけだ。一緒に生き直すんだ」

「ありがとう。でも、これでさよなら。さあ、行って」

腕を掴む和仁の手を、彼女がそっと外した。

バンの中からも、声がかかった。

「行くな、ヘス」

「行きな、ムンシク！」

止めるのも聞かずにヘスの車は急発進して、国道の流れに消えた。

「和仁さんですね。国家安全保障会議の南邊《なんべ》といいます。乗って下さい」

スーツ姿のまだ三十代にしか見えない男に誘われて、車内に入った。

中は、ＩＴ機器が満載だった。和仁はモニター画面の前に座らされた。

「奥様と二人のお子さんは、無事です。まもなく、突入します」

「そんなことをして、大丈夫なのか」

画面には、カン・ヨンスンのアジトが映っている。誰かが装着しているウェアラブルカメラからの映像らしい。灰色の壁が見えるだけで、人影はない。

「充分に安全が確保できると判断しました。冴木参与からのＧＯサインも出ました」

「分かった」

南邊は、無線で「コード・グリーン」と告げた。

宅配便業者の制服を着た男が、玄関のインターフォンを押した。

「お荷物のお届けです」

暫くして、女性が顔を出した。同時に首に注射が打たれ、女性が昏倒した。フル装備したＳＡＴ隊員が雪崩《なだ》れ込む。ウェアラブルカメラの映像も隊員とともに地下に降りていく。

地下の鉄扉の前に、見張りの男が立っていた。先頭の隊員が麻酔銃を撃つと、あっけなく昏倒した。

扉を開き照明を点《つ》けると、妻と二人の子どもの姿が浮かび上がった。何か言おうとする妻に、カメラの隊員が「日本の警察です。静かに」と告げた。

　そこで画面が切り替わって、いきなり両手を挙げているカン・ヨンスンが映った。一階に向かったＳＡＴからの映像だと南邊が教えてくれた。

「カン・ヨンスンだな」と名を質《ただ》されている。

「私は、後藤忠《ごとうただし》です。人違いです」

　ヨンスン、残念だな。おまえの日本語は下手すぎる。

「パスポートを見せてください」

「なぜ？　わたしは、日本人です」

「カン・ヨンスン、あなたには二年前に入国管理法違反で逮捕状が出ています。今、逃亡しようとしましたね。緊急逮捕します」

　カンを逮捕だと。

　そこまでは聞いていない。

「こんなことをして大丈夫なのか。相手は、北の」

「全ては、冴木参与のご命令ですので」

　これ以上、つきあってもいいことはなさそうだな。

　和仁はそこでスライドドアを開けて車から降りようとした。

「あとは、よろしく頼みます。それと、これを冴木参与に渡して欲しい。ヘスが入手したバーンズ中佐の情報だと」

　ＵＳＢメモリを南邊に手渡した。

「じゃあ、私は用があるので、これで」

さて、どうやってヘスを捜すか。

「和仁さん、お待ち下さい。冴木怜さんから、お電話が入っています」

和仁は渋々、電話に出た。

「和尚、安心して。ヘスは私が尾行している。おたくは南邊の指示に従って」

「怜ちゃん、俺はおまえの父親ぐらい年上なんだぞ」

「こんな非常時にごちゃごちゃ言わないで、指示に従って。でないと、おたくも注射されちゃうよ」

なんだと、と口にしかけた時、腕に小さな痛みを感じ、和仁は気を失った。

14

羽田に着いた藤田は、馬運車が通過するゲートで待機した。

あと十分足らずで来るらしい。

「ねえ、藤田、ちょっとキャラ変わってない？　恐縮男子っぽくない目つきになってる」

「冗談でしょ。俺はずっとアホな藤田っすよ、恐縮です。それよりも、望月さんにお願いがあります」

「なに？」

「タンザナイトって、警戒心が強くて慣れた相手以外に体を触られるのを嫌がるんです。だからロケットを首から外すのは厩務員のミンシクに頼むしかない。なので韓国語が話せる人を探して欲しいんです」

望月が嫌みったらしくため息をついた。

「そういう重大なことは、もっと早く言いなさいよ」

ゲート前で待機していたパトカーに近づいた望月は、無線を借りて、支援を依頼した。丁寧語で交渉していたが、最後は舌打ちして無線を切った。

「残念。韓国語がわかる人がいるにはいるけど、外出中だって。雑談でもして待つしかないか」

「あ、来ました」

韓国の国旗をフロントパネルにペイントした馬運車が入ってきた。

「思ったより早く着いちゃったなー。藤田、行こう」

言われる前に藤田は、駆け出していた。

ゲートで停まっている警護車に向かうと、顔見知りが姿を現した。

「萬屋《よろずや》班長、新垣《あらがき》先輩！　お疲れっす」

敬礼すると、萬屋には無視されたが新垣は敬礼を返してくれた。

「鉄砲玉君、頑張ってるじゃない。ご苦労様」

「すみませんが、馬運車を誘導願えますか」

「了解」

新垣が答えた。

萬屋は怒っているのだろうか。今、謝らないと永遠に機会を失いそうだ。

「班長、この度は、申し訳ありません。勝手ばかりして」

「藤田、詫《わ》びはいいから、任務に集中しろ」

萬屋はそれだけ告げると、警護車に乗り込んだ。

藤田は後ろ姿に敬礼をして、望月のいるパトカーに駆け戻った。

「誘導の件、伝えてきました」

万が一を考えて、ゲート近くにある格納庫に馬運車を誘導せよと、戸村から命じられていた。

「オッケー。じゃあ、私達も行こう」

車で格納庫に向かう途中で、望月が藤田の様子がおかしいのに気づいた。

「恐縮です。ちょっと、へこんでまして」

「どうして。さっきまで、やる気満々だったじゃん」

萬屋班長の反応にショックを受けたことを、望月に話した。

「そりゃあ、当然だよ。藤田は、警察官にあるまじき行為を連発しているんだもん。私だったら、ぶん殴るけどなあ」

「恐縮です」

格納庫に着くと、数人の制服警官が待機していた。

さて、これからだ。

藤田は気合いを入れると、タンザナイトを乗せた馬運車の後部に近づいた。突然窓が開いて、ミンシクが顔を覗かせた。

ミンシクは藤田を見つけると、激しく怒り出した。

「何事だ？」

萬屋班長と新垣も近づいてきた。

「厩務員が喚いているんですが、誰も韓国語ができなくて」

「新垣、できないのか」

新垣は、語学が堪能《たんのう》だ。

「アンニョンハセヨしか」

ミンシクが、窓から手を出して藤田を指さしている。

なんで、こんなところで駐めるんだ。そもそも、おまえはここで何をしている！　とミンシクが叫んでいる。

藤田は、腹を決めた。

「ミンシク。大変申し訳ないんだが、ちょっとタンザナイトに会わせて欲しいんだ。これは、僕の願いではなく、キム・セリョンさんからのお願いだ」

朝鮮語でそう告げた。
周囲が驚愕《きょうがく》して藤田を見ていた。
ミンシクも驚いている。
「なんだ、おまえ韓国語が話せるのか」
本当は、朝鮮語だけどな、ミンシク。
〝眠りネズミ〟は、仮の姿を脱ぎ捨てた。
もう後戻りはできない。

第八章　暴かれた男たち

1

「藤田、あんた韓国語喋《しゃべ》れるじゃん！　だったら、最初から言いなさいよ」

場の空気を読んだ望月が、わざとらしいくらいの明るさで言った。

「恐縮です！　自分、キム選手のおそばについてる時、必死で韓国語会話を覚えたんすよ」

藤田も戯《おど》けて返した。

だが、ミンシクやSPの面々は、厳しい視線を藤田にぶつけてくる。

「これまで、おまえはアンニョンハセヨすら言わなかった。どういうことだ」

萬屋の口調も厳しい。

「すみません。中途半端が嫌いで」

藤田はそれ以上言い訳をせず、ミンシクにスマートフォンの画像を見せた。

写っているのは、セリョンから預かったペンダントだ。ミンシクは、食い入るように画像を見つめている。

「大会の前日、キム選手が、何かあった時には藤田に渡して欲しいと言って、ソウル地方警察庁のチョ・ソンウ警護隊長に託したものなんだ」

「セリョン様が、あんたにこれを……」

呆気《あっけ》に取られているミンシクの横で、藤田はチョ隊長の携帯電話を呼び出した。

「藤田です。お預かりした靴墨の缶の中に、キム選手が身につけていたペンダントが入っていました。そのことで馬の首に掛けられているロケットを確認したいのです。ミンシクに説明して戴《いただ》けませんか」

英語で説明すべきなのだが、複雑だったので、藤田はまた朝鮮語を使った。

「いつから、そんなに韓国語を使えるようになった。それに、君の言葉には北の訛《なまり》があるな」

チョの問いには答えず、ミンシクに電話を渡した。

ミンシクは、訝《いぶか》しげに藤田を睨《にら》みながら、電話に出た。

ミンシクは「本当のことですか」と「どうして？」を何度も繰り返している。通話を終えるとミンシクは電話を投げ返して、馬運車の後方に回った。

車内でタンザナイトが興奮しているのが分かった。車が揺れているし、いななきも聞こえる。

「落ち着かせるから、少し待て」

ミンシクが乗り込んで、タンザナイトを宥《なだ》める。

「いい子だタンザナイト、落ち着け。もうすぐ帰れるからな。その前に、おまえにお客さんだ」

藤田はそっと車内に踏み込んだ。飼い葉と馬の臭いが鼻をつく。

ミンシクがしっかりと手綱を握っている。車窓から射す淡い光に照らされて、タンザナイトの大きな両目が、藤田を見つめている。

「やあ、タンザナイト、覚えているか」

タンザナイトが静かになった。

「おまえは、賢い馬だな、タンザナイト。ちゃんとこいつを覚えているんだな。よし、藤田、もっと近づいて大丈夫だ」

藤田が近づくとタンザナイトの鼻息がかかった。

「タンザナイトは、右頬を撫《な》でられるのが好きだ。手の甲で優しく撫でてやれ」

ミンシクに言われるままに、藤田は恐る恐る手を伸ばした。右手の甲が、タンザナイトの頬に触れた瞬間、通電したように何かが伝わってきた。タンザナイトも何か感じたように、藤田の手の甲に頬をすりつけてきた。

「驚いた。セリョン様は別にして、この馬がこんなに素直に甘えるのを初めて見た。俺はまだおまえのことを信じ切れないが、タンザナイトはおまえを認めた。ロケットを外せ」

「どうやったら、外れるんだ」

「ペンダントとの接続部分を回せば外れるさ」

相手は馬だ。果たして、素直にそんなことをさせてくれるだろうか。不安はあったが、やるしかなかった。

青紫色の宝石と一緒に、革紐でタンザナイトの首にくくりつけられたロケットの金具に触れた。

「タンザナイト、セリョンさんの仇《かたき》を討つためだ。おまえの大切なロケットを少しだけ貸してくれないか」

まるで藤田の言葉が分かったかのように、タンザナイトは首を縦に振った。

ネジを回すと、ロケットだけが外れた。

「ありがとう、タンザナイト。すぐ、返すからな」

もう一度、頬を撫でて、藤田はタンザナイトから離れた。ロケットの中にはUSBメモリが入っていた。

「約束だぞ。必ず、セリョン様の仇を討《たた》ってくれ」

そう言って、ミンシクは藤田の肩を叩いた。

2

耐えられないほど傲慢《ごうまん》な御託を、米国国家情報長官が電話口で並べるのを黙って聞いた後、冴木はゆっくりと答えた。

「長官、悪いがあなたの要請には従えない。我が国は独立国なんだ。あんたらの好きにはさせない」

いきなり、隣の早見が銃を構えて、冴木に狙いを定めた。

「何をしている?」

「だから言ったじゃないですか。ここに来るのはよそうと。冴木さん、申し訳ないですが、DNIの命令に従ってください」

おまえ売国奴だったのか、早見。

カムストックと殿谷が立ち上がって、窓際に下がった。代わりに、数人の男らが室内に雪崩《なだ》れ込んできて、銃口を向けてくる。

「年寄り一人に、大層なことだな」

冴木は手にしていたスマートフォンに表示されている髑髏《どくろ》マークのアイコンを押して、外村を呼んだ。

男たちが麻酔銃を撃ってきた。それをかわして、早見の手から銃を奪った。六人の肩を次々に撃ち抜くと、床に転がった拳銃《けんじゅう》も拾った。

照準を殿谷の眉間《みけん》に合わせる。

「指先一本でも動かす奴がいたら、殿谷の眉間を撃ち抜く。殿谷、俺は今、メチャクチャ怒ってる。だから、妙な真似をするな」

「落ち着けよ、治郎ちゃん。ここには一個中隊分の猛者《もさ》がいるんだ。この部屋を出ても、あんたに勝ち目はない。それに、俺たちは別に敵じゃない。カムストックが言ったろう。悪いようにはしない。だから、落ち着け」

殿谷の頭上に向けて発砲した。壁に穴が開く。

「やかましい、減らず口を叩くな」

冴木は、もう一方の銃を、カムストックに向けた。

「おい、武器商人、民間軍事会社三社のうち、どこが、在日在韓米軍の代理権を獲得したんだ」

カムストックは、ホールドアップしたまま首を左右に振った。

「知らない。私は、速やかに民間に移行するための地ならしを頼まれただけで」

カムストックの額に赤いポインターが当たると同時に彼の背後のガラスが割れた。次の瞬間、壁に鮮血が散って、カムストックが倒れた。

冴木は、反射的に次弾を避けると、割れたガラス戸から庭に出た。ここでも十人近くの男が銃を構えている。

冴木は応戦するが、すぐに弾切れになる。

「ソト、何してる！　早く来い」

叫び声が聞こえたわけではないだろうが、目の前にある高い壁に装甲車が突入してきた。

すかさず冴木は助手席に飛び込んだ。

「遅いぞ」

「すみません。ちょっと壁の外でひと悶着《もんちゃく》あったんで」

外に出ると「ひと悶着」の意味が分かった。数台の乗用車が、原形をとどめないほどに破壊されていた。

「そう言えば、二十分ほど前に、怜ちゃんから連絡がありました。和尚とヘスは確保したと。予定通りでいいですか」

結構だ。彼らは晴海《はるみ》のセーフハウスに向かう手はずだ。

スマートフォンを見ると、中村警部からメールが何通も来ていた。

まず、キム・セリョンが手がかりを残したかも知れないという情報。そして、藤田がその回収に羽田まで向かっているという。

狙撃《そげき》現場でいくつか疑問点が出たので、捜査を始めたともあった。

冴木は、亜土を呼び出した。

「プランBに作戦を変更します。悪いが、韓国のお客を晴海にお連れして欲しい」

「了解しました。冴木さんは、大丈夫ですか」

「何とかね。それと、シンガポールの特捜検事に連絡を入れてください」

次に無線で怜を呼び出した。

「至急、羽田空港に行ってくれ。藤田を見つけて、晴海に連れてこい」

「どうして？　晴海に向かってるんだけど」

「奴の身の安全のためだ。とにかくすぐ行け」

理由は言わず、無線を切った。

「早見のオッサンは、放っておいてよかったんですか」

装甲車を運転しながら、外村が聞いた。

「馬脚を露《あらわ》した」

「というと？」

「俺に銃口を向けた」

「アホな奴ですね」

愚かな奴ばかりだよ、ソト。

「民間軍事会社について、新しい情報は？」

「シドニー・パトリックとの関係を調べろということでしたので、ペンタゴンの友人に尋ねてみました。アメリカの民間軍事会社三社の幹部に、パトリックと繋《つな》がりがある者がいないかと。それで一人見つけました。グローブボックスにファイルがあります」

さして厚みのないファイルには、軍服を着た勇ましい顔の男の資料が入っていた。

ブライアン・ハンター元海兵隊中将か。

現在は、フォース・オブ・グローブの副社長に就いている。

「やはり、FOGか。ここは、大統領閣下とも繋がりが深いんだよな」

「ええ、ロバートソンは大統領就任前に、社外取締役を務めていますし、現在も、弟が役員に名を連ねています」

これで、決まりか。

一番厄介な連中が黒幕となると、これからますます分厚い壁が立ちはだかるということだ。

中村からメールが入った。

〝藤田が、キム選手の馬の装飾品から、重大な証拠が入ったとおぼしきＵＳＢメモリを回収しました。

それと、一つご相談があります。

事件発生時、スタンド屋根の警備をしていた本所淳紀《じゅんき》巡査部長の身元調査をお願いできませんか。当方でも調べていますが、偽装された情報の可能性があります。冴木師範のお力添えをいただきたい〟

3

捜査本部に戻った中村は、冷たいおしぼりをもらって顔や首筋を拭《ふ》いた。さらに、池永から経口補水液を押しつけられ、一気に飲み干した。美味《うま》くはないが、体が生き返った気になった。

携帯電話が鳴った。冴木からだ。

「ご苦労様です」

「藤田君を、ウチで預からせて欲しいんだ」

「と、おっしゃいますと？」

「まあ、大人の事情と言わせてもらおうかな。それに、彼が入手した資料もウチで解析した方が早い」

重要証拠を渡せというのか。

「中村二段、これは、内閣参与としての命令だということにして、了解してくれ」

「では、仰せの通りに。ちなみに藤田はヘリで帰還中です」

電話を切ると、池永が中村を呼んだ。

「不詳の身元が分かったかも知れません」

数枚の文書が中村の座るデスクに置かれた。

神経質そうな男の顔写真は、確かに不詳に似ているようにも見えた。

宮里覚《みやざとかく》、二十九歳。職業、芸人。特技、声帯模写。沖縄県那覇《なは》市を中心に活動。英語も堪能《たんのう》で、基地のイベントなどでも人気を呼ぶ。

「声帯模写か」

「係長の指摘どおりじゃないですか。コイツが、無線で毒島や本所の代わりに『異常ありません』と言ったかも知れません」

池永は、興奮気味に言った。

「どうして、彼が浮かび上がったんだ」

「沖縄の芸人仲間が、最近、宮里と連絡が取れなくなって、不審に思っていたそうです。不詳の手配写真を新聞で見て、連絡してきたとか」

日本は、良い国だ。

「係長、顔認証では、九一％マッチしました。不詳は宮里覚だと考えて良いと思います」

映像解析に当たっていた班員が断言した。

「沖縄県警に、ＤＮＡ鑑定ができる試料を入手して送るように言ってくれ」

それにしても、冴木がわざわざ電話をしてきて、「藤田君を預からせて欲しい」と言ったのが気になる。

「係長、望月から無線連絡が入っています」

通信班から声が掛かった。

「望月です。ヘリが、羽田に引き返しているんですが」

「急遽《きゅうきょ》、藤田君を羽田で降ろすように」

「あとにしてもらえませんか。せっかくの重要証拠が手に入ったのに、時間の無駄です」

上からの命令だと告げると、藤田が代わって出た。

「お疲れ様です。自分に何か問題が？」

「いや、そうじゃないと思う。合気道の冴木師範を、君も知っているだろう。君に用があるのは師範だ」

「あの、意味が分かりません」

冴木が、どういう立場なのかを説明するべきか迷ったが、「とにかく、冴木師範の指示に従うように」と返した。

「係長、藤田が手に入れたＵＳＢメモリは、私がそちらに持ち帰っていいんですよね」

望月が割り込んだ。

「それも、冴木師範に渡すように指示されている」

「合気道の師範に、そんなことを命令する権利があるんすか」

やはり、説明が必要か。

「望月、冴木師範は元内調のトップで、今回の事件の統括責任者として内閣参与に就いておられる。だから、指示に従え」

無線を終えると、また池永から声がかかった。

「格納梯子前のビデオの細工を見つけました」

スタンドの屋根周辺をカバーする監視カメラの記録データが改ざんされていたという。

解析班の女性スタッフが、映像を再生した。

「三十秒で一回転する映像が、差し込まれています。それが約十分間にわたってループしています」

「つまり、この十分間は、本当の記録がないということか」

「はい」

映像の右上に、時刻のカウンターが付いている。狙撃される四十分前だった。

十分あれば、スナイパーライフルを運び込むなどの、準備は整えられただろう。

「係長、通信指令室から連絡です」

通信班員が声を張り上げた。

「本所巡査部長の自宅を家宅捜索中の捜査員から、自宅が何者かに荒らされているとの一報が入ったそうです」

4

室谷検事が何かを運転手に指示すると、車が急加速した。さらに、赤色灯が回りサイレンが鳴った。

「イ検事、申し訳ありません。不測の事態が発生したため、お連れする場所を急遽変更することになりました」

室谷に掛かってきた電話のせいだ。あれで室谷の顔つきが変わった。

「何が起きたんですか」

「詳細は不明なのですが、お引き合わせしようとしていた方が、襲撃されたそうです。イ検事の安全は保証致しますので、ご安心ください」

事情も分からないのに、安心なんてできるわけがない。

「室谷さん、私は、あなたを信頼して、この車に乗りました。なのに、あなたは行き先、お会いする相手、さらに、不測の事態の内容についても、私に何も語らない。これでは、不信感が募るばかりです。私は信用されていないのでしょうか」

室谷が手にしたスマートフォンを掌《てのひら》の上で転がしている。

「確かにおっしゃるとおりです。誠実さに欠けていました。お詫《わ》びします。では、私が知る範囲で、ご説明致しますが、その前に一つだけ、確認させてください。イ検事は、キム検事暗殺事件について、既に解決したと思われますか」

「いえ、思っていません。私たちが横須賀で確保した男が、本当に狙撃犯かどうかさえも疑わしいと考えています」

「韓国政府は事件終結を宣言しています。あなたにも帰国命令が出ていると思いますが」

国家情報院テロ対策室長のチャン・ギョングの遣いと称する男の冷酷な目が浮かんだ。

「今夜、帰国するようにと言われています。しかし、容体が悪化したことにしましょう」

「分かりました。あなたにお会いしたいと申し上げているのは、内閣参与の冴木治郎という人物です。名前に聞き覚えは？」

「聞いたこともない」

「内閣情報調査室長を務めた、日本のインテリジェンスの伝説的な人物です。キム・セリョン検事暗殺事件解決を総理から命じられて、内閣参与となりました」

チャン室長のような立場の人物か。

「そこで継続捜査の責任者として、冴木はイ検事にご相談したいのだそうです」

「それは、光栄です。こちらの心構えとして、何をお尋ねになりたいのか知りたい。室谷さんはご存知なんでしょう？」

「ソウルでのキム検事の関係先の捜索及び、キム検事が来日するまでに接触されていた方々への再捜査だと思います」

お安い御用と答えたいところだが、チャンから妨害が入るかも知れない。

「私にできることは、何でもお手伝いしましょう。ただし、直近のキム検事の捜査については、私は何も知りません。それでも私にお手伝いできることがあると、冴木さんはお考えなんですね」

「期待しているのは、日本の捜査陣がタッチできない韓国国内での捜査だと思います」

「それなら、お力になれるかも知れません。ちなみに、この件についてチャン室長は了解済みなんでしょうか」

「冴木に直接お尋ねください。これは、個人的に伺いたいのですが、もし韓国政府との合意がなかった場合、お断りになりますか」

軽はずみには答えられる質問ではなかった。

「室谷さん、私も宮仕えの身です。個人的に事件解決にご協力したいと思っても、できないことはある」

「では、ソウル地検のしかるべき方の許可があれば、どうでしょうか」

「しかるべきというのは、具体的に誰を指すんですか」

「ソウル地検特捜部の部長とか」

ノ・ホジン部長か。

妥協や弱音を許さない厳格な部長の顔が浮かんだ。

「部長の許可があれば、動きやすい。でも、本当は、検事総長の許可が欲しいところです。それよりも室谷さん、私も一つお尋ねしたいんですが、総理から捜査責任者を命じられるほどの立場の方が、なぜ、襲撃されるんですか」

「冴木の捜査を快く思っていない勢力があるようです。つまり、冴木が真相に迫っているのだと、私は考えています。暴かれては困る連中が捜査の妨害をしているんでしょうね」

「では、私が捜査に協力すれば、同じように襲撃される危険がある？」

「まっ、そういうことは今は考えないことに致しましょう。私は、イ検事の勇気と正義の心を信じています」

室谷がやけに爽《さわ》やかな笑顔を返してきた。

5

激しい頭痛とともに和仁は、意識を取り戻した。

そばに女がいる。

「ヘスか……」

「だから、私はあの小娘なんて信用できないと言ったんだ。おかげで、こんな陰気な部屋に閉じ込められてしまった」

コ・ヘスがタバコに火を点《つ》けた。身ぐるみはがされているわけではないらしい。だったら、俺はおまえと同じ部屋にいられる方が嬉《うれ》しい。今度会ったら、怜に礼を言わなければ。

「ここは、どこだ?」

「知らない。小娘に車を停められて、文句を言おうとしたら意識を失って、目覚めたら、ここにいた」

俺と同様、薬物を打たれたわけだ。

ぼやけていた視界が回復してきた。ヘスは、陰気な部屋と言ったが、部屋が暗いのは窓に遮光カーテンが掛かっているからだ。和仁が横たわっていたベッドも、シティホテルレベルの寝心地で決して悪くない。

ヘスは窓際のソファに座って、不機嫌そうにタバコを吹かしている。

喉《のど》がカラカラだった。傷はまだ痛むが、和仁は気合いで体を起こした。

部屋の片隅に冷蔵庫がある。ドアを開けると、ジュースやミネラルウォーターが入っていた。

「飲むの？　やめた方がいいわよ」

「なんでだ？」

「私は、冴木も日本も信用していない」

俺は信用しているから、いいよ。

和仁はミネラルウォーターを手にした。

「情けないわね、大佐。喉の渇きぐらい三日は我慢できるでしょ」

喉を鳴らして水を飲む。生き返った。そして、口元を拭《ぬぐ》いながら、ヘスの嫌みに答えた。

「それだけ堕落したということだ」

解錠音と共にドアが開き、男が入ってきた。和仁に注射を打った奴だ。

「恐れ入りますが、冴木参与がお二人とお話をしたいそうです」

望むところだ。

「私は、拒否するわよ」

「コさん、申し訳ないですが、拒否権はありません」

「だったら、拘束すればいい」

「ヘス、無駄なエネルギーを使うな」

ミネラルウォーターを手にしたまま、和仁は立ち上がった。

弱虫め！　と言わんばかりに睨んできたヘスも、不機嫌そうに続いた。

黒い絨毯《じゅうたん》を敷いた廊下を歩きながら、和仁が尋ねた。

「ここは、どこだ？」

「都内にあるセーフハウスです」

「日本政府が所有しているのか」

「冴木さんの持ち物ではないでしょうか」

冴木は資産家ではあるが、さすがにこんな場所を、個人で所有しているとは思えなかった。

エレベーターで最上階に上がった。

案内されたのは、小さな会議室のような部屋だった。

「呼びつけて悪かったな」

白いワイシャツに黒いベストを着た冴木が立ち上がった。頬に生傷がある。

「ケガしたのか」

「ちょっと出入りがあってな。名誉の負傷ってところだ」

「弾が掠《かす》ったのね」

ヘスが言うと、冴木は苦笑いした。

「久しぶりだな、ヘス」

「二度と会いたくなかったけどね」

ヘスは、冴木を避けるように、テーブルの端にある椅子に座った。

「妻と子どもは、無事か」

「信頼のできる医師に預けた。怪我はないが、恐怖は味わったからな。安全のためにも入院する方が良い」

「会えるのか？」

「後で相談しよう。それより、事態が急転した。大至急、情報交換したい」

和仁は、勧められるままに椅子に腰かけた。正面に冴木が陣取った。

「まずは、約束のものだ」

冴木は、日本のパスポートを二冊テーブルの上に置いた。

「やけに手回しがいいじゃないか」

「迅速がモットーだからな」

ヘスが小馬鹿にするように、鼻を鳴らした。

「レイチェルちゃんは、なかなか良い仕事をしたようだな。但し、ヘスが取ってきた情報は、アメリカ国内の工作の実態とカネの流れが中心だった。さらに残念なのは、カネが流れた相手が全てニックネームだったことだ。これでは役に立たない。そこで、ヘスに聞きたいんだが、バーンズ中佐に狙いを定めたきっかけは何だ？」

ヘスは、答える意思がないと言いたげに、あさっての方を向いている。

「子どものような態度を取るな。俺は、おまえの大切な部下を惨殺した奴らに復讐《ふくしゅう》してやると言ってるんだ。協力してくれ」

「情報料として、一億円」

「いいだろう。カネで解決できるなら、お安いものだ」

「ありがとう。あの米軍女はセックス依存症だった。そういう噂を聞いたウルフが、彼女に近づいた」

　この経緯は、和仁にも興味があった。知りたいと思った時には、既にヘスは死んだと思っていたからだ。

「バーンズ中佐が米軍の不正を調査していると気づいたのは、いつなんだ?」

「最初に、ウルフは彼女のスマホのデータを抜き取ってみた。大した情報はなかったんだけど、正体不明の奴に脅されているとおぼしきメールが数通見つかった。で、二度目に事をいたした後、彼女を眠らせて、ノートパソコンからデータをダウンロードしたわけ」

「ウルフは、おまえに命令されて動いていたのか」

「途中からはね。最初は一人で小銭稼ぎをしようとした。でも、私に勘づかれたので、協力を求めてきた」

　ヘスは宙を見つめて、淡々と答える。

「ヘス、なぜ和尚に報告しなかったんだ。重大な規律違反だろう」

「カネが必要だった。知っての通り、日本で活動している工作員は皆、カネに困っている。それに、この人は、アメリカの情報に触れることを避けていた」

なぜだと、冴木の目が和仁に尋ねている。

「我々のミッションではないからだ。俺たちが命じられているのは、日本と韓国についての情報収集だ。うっかり米軍の機密なんかに触れたら、厄介なことになるだろう」

「弱虫」

ヘスの侮蔑《ぶべつ》が、胸に染みた。

「ウルフが拷問を受けたのを知ったのはいつだ？」

「米国大使館から呼び出された時。すぐに米軍か、民間軍事会社の連中の仕業だと分かった。でも、米軍が関与しているなら、ウルフの死体を米国大使館前に放置しないと気づいた」

「その段階で、俺か和尚に相談すべきだったな」

「腑《ふ》抜《ぬ》けや腰抜けに相談して判断を待っていたら、その間に、私まで殺されてた。だから、一人で処理した」

冴木と自分のどっちが腑抜けで、どっちが腰抜けなのか。冴木と和仁は渋い顔を互いに見合わせた。

「見くびられたもんだな。まあ、いいだろう。しかし、おまえが和仁に渡したデータを見るかぎり、ここまで惨殺を繰り広げる意味がある情報なのかどうかという疑問があるんだが」

「何が言いたいわけ？」

「おまえが、まだ隠し事をしていると言いたいわけだよ、ヘス」

ヘスが初めて冴木の方に顔を向けた。

「相変わらず、くそったれだな、冴木！」

「それは認めるよ。だから、教えてくれ。ウルフを拷問にかけて、奴らはバーンズ文書が、北朝鮮の諜報《ちょうほう》機関に流れたのを知った。だが、ウルフは文書を解読できなかった。おそらく最後まで中身を正しく理解できていなかった。

だが、あんたは、パクを仲間に引き込んで、情報を解読したんじゃないのか。そして、カネになるネタを手に入れた」

なるほど、だからパク・ヒョンデも殺されたのか。

「何を根拠に、そんなこと言うわけ？」

「おまえは、バーンズ中佐のノートパソコンから引き出した情報を和尚に託した。だが、ある特定のコマンドを打たなければ、読むことも見ることもできない情報については、和仁には存在すら伏せたんだろ」

ヘスが、和仁を見ている。

「私が生き抜くための保険だからね。情報を消したわけではない。大佐に渡したデータにだって、それはあった。それを浮上させられるかどうかは、そっちの問題ってこと。フェアでしょ」

自分が生き抜くためには、味方も欺く。スパイの常識《イロハ》だ。和仁に怒る権利はない。

「そうだ、おまえはいつもフェアだ。だから、俺も助かったよ」

そう言って冴木はクリアファイルを和仁の前に滑らせた。

数枚の文書が入っていた。

英文で記されていたのは、在日在韓米軍の民間移行を大統領が認めない場合には、ある手段を行使するという文書だ。

「アメリカ大統領暗殺計画か……」

「結果的には、シドニー・パトリックの説得が奏功して、計画は行使されないまま葬られたようだが、こんな計画を立案したことがバレたら、パトリックもＦＯＧも破滅だな」

そして、知った奴は皆殺しか……。

「我が国も大概酷《ひど》い国だと思うけど、アメリカって国は、どいつもこいつもクソだね。自分たちのビジネスのために、大統領の首だってすげ替えるんだから」

「それで、おまえはこれを誰に売り込むつもりだったんだ?」

「決まってるでしょう。ＣＩＡよ。私はフロリダあたりの大豪邸に住んで、フローズンダイキリを飲むの」

6

「ヘリで羽田に来た意味ないじゃん！　これで事件解決かもしれないって時に！　ボンクラ上司め」

羽田に引き返すように命じられて、望月が怒りをぶちまけている。

藤田は逮捕を覚悟していた。韓国語を話せないはずなのに、流暢《りゅうちょう》に喋った。そのウソを、公安部外事課は見逃さないだろう。

もう少し時間を稼ぎたいと思っていたのだが……。

空港上空まで引き返してくると、ヘリポートの周囲で数人の男が待ち構えているのが見えた。

来たか。

「なに？　あの連中」

望月も異変に気づいた。

「あの、望月さん」

「なんだよ！」

「短い間でしたが、お世話になりました。本当に勉強になりました」

「何、寝言みたいなこと言ってんの？　藤田、大丈夫!?」

ヘリコプターが徐々に下降し始めた。ヘリをジャックしようかとも思ったが、そんなことをしたら、望月に迷惑がかかる。

高度一〇〇メートル、七〇メートル、五〇メートル、三〇メートル……。

藤田は、腹を括《くく》った。機長の肩を叩いた上で、ヘッドセットのマイクに叫んだ。

「機長、地上五メートルになったら、ホバリングしてください。自分一人が飛び降ります。そしてそのまま、馬事公苑に戻ってください」

「何を言ってる。そんなことができるか」

「お二人が危険かも知れません。お願いします」

目算で、五メートルを切った。

「おい、藤田、何考えている」

望月が叫ぶのを無視して、藤田はドアを開いた。

よし！

藤田は飛び降りた。

男たちが、銃を構えて集まってきた。藤田は転がって着地の衝撃を堪え、一番近くにいた男の銃口を握ると一気に捻《ひね》り、銃を奪った。

銃声がして、弾丸が耳元をかすめた。

逮捕じゃなくて、殺す気なのか。

手近にいた男を捕えて、そのこめかみに銃口を向けた。

上空で、まだヘリがホバリングしている。望月が何かを叫んでいる。

「藤田君、銃を下ろしたまえ」

「あんたは誰だ？」

「警視庁公安部外事課の者だ」

「名と階級を言え！」

「湊芳明《みなとよしあき》警視だ」

「外事課に湊なんていう警視はいない」

面倒な相手の名前と階級は全て暗記している。

「最近、アメリカから帰国したばかりだからな。なあ、藤田君、君は何か勘違いしているんじゃないかな。我々は、君が入手したＵＳＢメモリを受け取りに来ただけだ」

ふざけたことを。

「しかし、おたくらには殺意がある」

「それは、君の挙動が不審だったからだ」

「ＵＳＢメモリなんて持っていませんよ」

「冗談を言うな。君が、韓国の馬から入手したのを、私は知っているんだ」

「じゃあ、それを誰に渡すのかも知っているのでは」

中村警部から、はっきりと相手の名を告げられていた。

「もちろん。私は、冴木内閣参与の代理で来たのだ」

信用ならないな。

「じゃあ、電話を繋いで冴木参与と話をさせてくれ」

「いいとも」

湊警視は、スマートフォンを取り出すと、電話をかけた。

「お疲れ様です。湊です。今、私の目の前に藤田君がいるんですが、どうやら私を敵か何かだと勘違いしたようで、参与を出せと言っております。はい、分かりました。よろしくお願い致します」

電話の相手と会話を続けながら、湊が近づいてきた。その時、藤田は自分が手にしている拳銃に抱いていた違和感の理由が分かった。

「おまえら、なんでニューナンブM60じゃなく、SWの銃を持っているんだ！」

朝鮮語で言ったのに、相手が銃に目を遣った。こいつら、警視庁の刑事どころか、日本人でもない！

藤田は、近づいてきた湊を引き寄せ、人質を湊に替えて、人の輪から離れた。

「一歩でも動いたら、このウソつき野郎を殺す。だから、動くな」

「おい、バカ、やめろ!!」

警視と名乗った割には、情けない男だ。

「構わん。二人とも撃て」

誰かが叫び、銃が吠《ほ》えた。ほとんどは楯《たて》となった湊が受け取めた。藤田に当たったのは左肩の二発だけだった。

その時、バイクのエンジン音が聞こえてきた。

今度は何が出てきたんだ。

藤田が銃を構えると、バイクは偽公安の連中をはね飛ばしながらターンして、藤田の前で停まった。

「乗って！」

ヘルメットのシールド越しに、知ってる顔が見えた。

「冴木師範代！」

訳が分からなかったが、藤田は後ろに飛び乗った。急発進したバイクは人の間を縫ってスラロームしながら加速した。銃声が聞こえたが、被弾はしなかった。

さらにバイクが加速した。

藤田は必死で冴木師範代にしがみついた。

7

望月の興奮した声が無線から流れてくるのを、中村は呆然《ぼうぜん》と聞いていた。

警官同士が撃ち合うとは一体なにごとだ。藤田はどうなっている？

「なあ、望月、少し落ち着いて話せ」

無線機の前に陣取った池永が応対しているのだが、一向に要領を得ない。

「だから言ってるじゃないですか。藤田の馬鹿野郎が、ヘリが着陸する前に上空から飛び降りたんです。すると、二十人はいた男どもが銃を構えて彼を取り囲んだ。藤田はそいつらと闘って男一人を人質に取ったんです」

　何とか理解できた。

「それで？」

「そしたら、突然、大型バイクが飛び込んできて、藤田を後部シートに乗せて逃走しました」

　池永が、救いを求めるような目を向けてきた。中村は池永と交替して、無線機前に陣取った。

「中村だ。おまえはさっき、藤田が飛び降りる時に、今生の別れのようなセリフを口にしたと言ったな」

「そうなんです！　短い間ですが、お世話になりました。本当に勉強になりましたとか」

　つまり、藤田は飛び降りる前から、狙われていることが分かっていた。

　だが、なぜだ。

「今、思えば、羽田に着いてからずっとおかしかったんです。だって、いきなり韓国語を流暢に話したんですよ」

　どういうことだ。

「まさか。韓国語が使えなくて、向こうのSPとの連携に苦労したと言ってなかったか」

「そうですよ。なのに、タンザナイトのロケットのことで、韓国人に拒否られた途端、韓国語で交渉し始めたんです」

中村は、藤田は韓国語ができたのか警護課の上司に尋ねよと書いたメモを、池永に渡した。

中村の脳内で、疑惑が膨らんでいく。

「それに、藤田はたった一人で、二十人以上の男たちと闘ったんです。しかも相手は拳銃持ってるのに、素手で飛び込んで行ったんです」

警護課に勤務したのは、最近だと聞いている。

「その連中は、何者だ」

「分かりません」

「藤田を連れて逃走したオートバイの特徴は？」

「外車でした」

イタリア製の高級オートバイに乗っている人物なら一人だけ知っている。

「男か女かは分かるか」

「分かりません。動きは男のそれでしたが、細身だったので女かもしれません。フルフェイスのヘルメットを被《かぶ》ってました」

これ以上は、帰投してから聞いたほうがいいな。

無線を終えた中村の隣に、戸村が立っていた。

「さっそく羽田空港署に問い合わせました。銃撃戦の跡と大量の血痕《けっこん》がありましたが、連中は遺体を回収していきました。遺留品の中に、警察手帳がありました。手帳には警視庁外事課警視湊芳明と記されてあったそうですが、そんな警察官は、警視庁に存在しません」

中村の疑念がさらに大きくなる。

「なぜ、外事課の刑事を騙《かた》る者が藤田を襲わなければならないんですか」

「おそらくは、キム検事が残した証拠が欲しかったのでは？」

「私のような凡人には、既に理解を超えています。まずは、冴木参与に報告致します」

中村は、捜査本部の片隅で、携帯電話を取りだした。

冴木はすぐに出た。

「ご苦労様です、中村二段。藤田君は、確かに引き受けました」

「いや、冴木師範、大変申し訳ございません。藤田は、羽田で正体不明の集団に襲われた上に身元不明のオートバイに乗った人物に連れ去られてしまったとのことで」

軽やかな笑い声が耳に響いた。

「身元不明のライダーは、怜だよ。面倒な奴らに拉致《らち》られそうになったが事なきを得た。今、二人で、セーフハウスに向かっている」

中村の混乱は、既に修復不可能になっていた。

「藤田は冴木師範代によって救われ、師範のもとに向かっているんですか」

「そうだ。それで、一つ明確になったことがある」

「何でしょうか」

「捜査本部の無線か、私の携帯電話が盗聴されているかも知れない。あるいは、捜査本部の誰かが、敵のスパイの可能性がある」

　なるほど、馬事公苑に向かうはずだったのに、急に羽田に戻るように命じられた藤田を敵が待ち伏せしていたのも、それなら納得がいく。

「ちなみに、敵とは誰を指すんですか」

「詳しくは言えないが、キム検事を暗殺したのと同じ奴らだ」

「もう一つ伺いたいのですが、藤田はいったい何者なんですか」

「それも含めて、別の方法で連絡する。君も暫《しばら》く電話連絡を控えてくれ。また、新たに入手した情報も、電話や無線には乗せるな」

　俺にもスパイごっこに参加しろというのか？

「承知しました。では、新しい連絡方法をお教え戴いた後に、当方で入手した新事実をご報告します」

「係長、あなた宛のバイク便です」

　手渡された茶封筒の送り主は、「タンザナイト」とあった。

　中村が封を切ると、冴木との情報交換の方法が記されていた。

〝このバイク便会社は、私の会社だ。馬事公苑近くに臨時オフィスを構えた。データはそこを経由して届けるようにする。

そちらからの連絡については、馬事公苑にバイク便を一名待機させておく。数日は、探知されないだろう。それだけあれば、事件は解決する。

冴木治郎〟

他に文書の入ったクリアファイルが同封されており、本所巡査部長が違法カジノにハマっていて多額の借金をしていたのが、先週に完済された事実と、本所の預金記録のコピーがまとめられていた。

状況証拠ではあるが、本所が暗殺者に協力し、用が終わったところで、射殺された可能性が高くなった。では毒島はどこに行ったのだ？

8

ジョンミンを乗せた車は、晴海埠頭《ふとう》にほど近いホテルの地下駐車場に入った。

ここがセーフハウスのようだ。

車を降りると、案内人が待っていた。地下から七階に上がる。

「ずいぶんと豪華ですねえ」

「昨年、ホテルを安く買い取ったそうです」

「セーフハウスなんて言うので、民家を想像したんですが」

「確かに。なぜこんな立派なホテルを使っているのかは、私にも分かりません」

案内人は一言も口を利かない。もし、韓国語か英語ができるんだったら、なぜ、こんなところをセーフハウスにしたのか聞いてみたい。だが、彼はジョンミンや室谷の会話に、全く関心を示さなかった。

案内された部屋には、先客がいた。スーツ姿の官僚臭のする男だった。

力強い握手をした男は英語で話しかけてきた。

「最高検総務部長の亜土と申します。ご足労いただき、ありがとうございます。まずは、こちらで、ソウルにいらっしゃるノ・ホジン特捜部長とお話し願えますか」

机に置かれたノートパソコンは、Ｓｋｙｐｅでソウルと繋がっていた。

「やあ、ジョンミン」

「部長、お疲れ様です」

「セリョンを守れなかったのは、痛恨の極みだ」

「申し訳ありません。私が日本にいながら、力及びませんでした。何とか挽回《ばんかい》したいと思っております」

「ならば、亜土総務部長と協力して、セリョンを暗殺した奴らを摘発するんだ」

「畏《かしこ》まりました！」

「ジョンミン、おまえとセリョンの関係を私は知っている。国情院の幹部と通じているのもな。だが、今はそんなことはどうでもいい。とにかく、セリョンの仇を討ってくれ」

「ノ部長……。私は愚かでした。ただ偉くなりたいとバカなことばかりやってきました。

セリョンを失って、私は己の愚かさを呪いました。彼女からの信頼を失っていなければ、私は彼女の捜査を手伝えたはずです。それが、できたら、セリョンも死ななかった……」

我ながら驚くほどの自己嫌悪で、息が止まりそうだった。

「ジョンミン、かつて君は検察の希望の星だった。今のその言葉がウソでないことを証明してくれ」

ジョンミンは立ち上がって深々と頭を下げた。顔を上げた時には、Ｓｋｙｐｅは終了していた。

名誉挽回ではなく罪滅ぼしのために、セリョンを暗殺した勢力を命がけで潰《つぶ》す。それが、これからも生きるための禊《みそぎ》だった。

別室で冴木参与が待っていると言われて、室谷のあとをついていった。

奥まったところにあるドアの前に来ると、室谷が「私はここで引き揚げます」と言った。

「どうしてですか。室谷検事がいらしてくださったことで、私は勇気づけられました。どうか、立ち会ってください」

「そう言っていただけるのは光栄です。しかし、これから冴木参与が話されることは、法の守護者たる検事として、聞くわけにはいかないんです。あなたも、同業者です。この苦渋をお察しください」

室谷は本当に申し訳なさそうだ。

「韓国語の通訳もおりますので、ご安心を」

ジョンミンは一人で、冴木参与が待つ部屋に入った。

小柄な人物が、ジョンミンを迎えた。

「イ検事、無理をお聞き届け戴き、誠にありがとうございます。内閣参与で、キム・セリョン検事暗殺事件の責任者を務めます冴木治郎と申します」

冴木と握手を交わした。その手は華奢《きゃしゃ》だが、熱を帯びてごつごつしていた。同席者が二人いた。

ショートヘアの女性、そして、スーツ姿の年齢不詳の男性。冴木は、女性を「通訳」、男性を「部下」とだけ紹介して、すぐ本題に入った。

「これからお願いすることは、貴国の基本方針から逸脱する可能性があります」

「というと？」

「貴国は、キム・セリョン検事暗殺事件について、解決したとして店じまいをしました。しかし、我々はそう思っていない。そのため、今も捜査を続けています。すなわち、我々に協力した場合、イ検事のお立場は微妙なものとなるかも知れません」

「承知しています。私にとって最も大切なのは、セリョン暗殺の真相を暴くことです」

さて、どんな無理難題を押しつけてくるのか。

「イ検事、では、ソウルにお戻りください。そして極秘で、動いていただきたい」

9

羽田空港を出たところで、追っ手は振り切っていた。

スタントマン顔負けの走行を見せた冴木師範代も、いまは法定速度でバイクを走らせている。信号で停止した時に、藤田は師範代のヘルメットの側面を叩いた。

「何？」

「いくつか聞きたいことがあります。どこかで話せませんか」

ダメ元のつもりだったが、師範代はあっさり応じた。交差点のそばにある公園にバイクを停めた。そして、自販機でミネラルウォーターを二本買って、木陰にあったベンチに座った。

「それで？」

師範代から水を手渡されると、藤田はほぼ一気に飲み干してしまった。

「なぜ、師範代は自分を助けてくれたんすか」

「父の命令よ」

冴木師範が、キム選手の事件捜査の責任者であるという話は、中村から聞いた。だが、合気道の師範が、なぜそんな重責を任されるんだ。

「父さんの経歴を知らないのね」

「合気道の師匠としか」

師範代が笑い声を上げた。

「会ったら、そう言ってやって。きっと喜ぶわ。父さんは、もとは内調のトップだったの。ああ見えて、曲がりなりにも日本のインテリジェンスの責任者だったわけ」

気づかなかった。現在の人事情報や対北朝鮮のエージェントは頭に叩き込んでいるが、引退した人物の情報まではインプットしていなかった。

「失礼しました。師範は、私が発見したキム選手の情報をご覧になりたくて、師範代を迎えに遣わしたということですね」

「まあ、そうなるのかな。それと、私を師範代と呼ぶのはやめてくれない？　怜でいいから。あなたより、年下だし。で、父さんはメモリのことだけじゃなく、あなたにも会いたいみたい」

「自分にでありますか」

理由は聞くまでもない。つまり、自分は、日本の情報機関の手に落ちたということか。

「そっ。それにしても、あなたが北のエージェントだったとはねえ。まったく気づかなかった」

「恐縮です。ところで、自分を空港で襲ったのは、どういう連中なんでしょうか」

「ＦＯＧの回し者だと思う」

ＦＯＧが分からないと言うと、米国の民間軍事会社だと返された。

「意味が分かりません」

「じゃあ、キム・セリョンを暗殺した連中の仲間だって言ったらどう？」

だったら、全員殺しておけば良かった。

「あなた、キムさんを好きになったわけ？」

「意味が分かりません」

「北のエージェントなら、彼女が暗殺されても気にしないはずなのに、あなたは身分を晒《さら》すリスクも顧みず、暗殺事件の真犯人を追おうとしている。そもそもあなたも狙っていたんじゃないの？」

「まさか。自分が受けた指令は、セリョンさんを守ることです」

「意味不明ね」

同感です！　とは言えなかったし、未《いま》だに理由が分からない。

「それで、どうなの？　キムさんのこと好きだった？」

「そんな感情で、キム選手を見ていません。ただ」

「何？」

「血まみれの彼女を抱き上げた時、心が引き裂かれるように感じました。同時に己の無力さが許せませんでした」

怜の腕が伸び、藤田の手を握った。

「あの状況では、誰にも救えなかったと思うな。だから、自分を責めなくていい。ねえ、藤田さん、ここ、撃たれてるじゃない。しかも、二発。痛くないの？」

怜の手が藤田の肩に触れると、彼女の手のひらが血で染まった。

「上着脱いで」

「大丈夫っす」

「それは、私が決めるから、上着脱いで」

怜はバイクに戻ると、サイドトランクから、救急キットを取り出した。

「思ったより深いよ」

ワイシャツの左肩に血が大きく広がっていた。

「シャツも脱いで」

藤田は、素直に従った。

「救急キットなんて、いつも持ち歩いてるんすか」

「まあね。弾は、二カ所とも貫通している。しかも、ひとつはかすった程度」

手際良く傷口を消毒し、ガーゼと絆創膏《ばんそうこう》で応急処置された。

「ありがとうございます」

「一万円」

「えっ？」

「治療代よ。本当なら三万円がデフォルトなんだけど、今日のところは、藤田さん、頑張ったから三分の一に負けてあげる」

藤田が財布を取り出して、中身を確認したら、三〇〇〇円しか入っていなかった。

「じゃあ、ツケておくわ」

「恐縮っす。それで、怜さん。アメリカの民間軍事会社が、なぜ、キム選手を暗殺しなければならなかったんですか」

「それは、私にも分からない。きっと、その答えは、あなたが手に入れたメモリの中にあるんじゃないかな」

なるほど。

「見せてもらえる？　あなたが、セリョンさんの馬から見つけた物を。あなたも、何が記録されているのか知りたいでしょ」

とっさに、藤田はメモリの提供を躊躇《ためら》った。

10

イ検事を、再び室谷検事に託して、羽田に向かわせた冴木は、亞土と防衛省情報本部内務監察官の玉城鉄雄《たまきてつお》を部屋に呼んだ。

「イ・ジョンミンをどう見た？」

「経歴報告書を読んだ時は、権力に媚《こ》びる腐敗検事という印象でした。しかし、さきほどのヒアリングの様子だと、信用していいかと」

イ検事の面談に「部下」として同席した玉城とは、冴木が内調室長を辞する直前の半年間、タッグを組んで防衛省の不正を暴いたことがあった。誰にも腹を割らない冷酷な男だったが、腕は確かだった。早見に裏切られた以上、政府内のインテリジェンス幹部で頼れるのは、玉城しかいなかった。

「お二人に引き合わせる前に、ソウル中央地検特捜部長とＳｋｙｐｅで面談させました。特捜部長も、イは本気で捜査に協力すると判断したようです。韓国の検事は日本の検事とは異なり、政治的権力者を目指す傾向が強いという印象があります。イ検事も、そういうタイプだったようです。ところがキム検事が目の前で暗殺された上に、政治的決着で事件を収束させようとする国情院幹部を見て、検事としての使命を思い出したのでしょう」

亞土が補足した。

「もう一つは、やっぱり愛では？」

軍人で、しかも内務監察官という他人の粗を探すのが職責の玉城らしからぬ言葉がこぼれた。冴木の表情を見て、玉城が続けた。

「キム検事とイ検事の関係は、かなり濃密だったようです。深く愛した相手を自分は守れなかったとの、悔恨の念からかも知れません」

「じゃあ、彼は俺が託したミッションを遂行してくれると、お二人も思っているということかな」

「成否はともかく、必死でやるでしょう」

調査対象者を全く信用しないことが仕事の、玉城が太鼓判を押した。

「じゃあ、期待しよう。しかし、未だに解せないのはキム・セリョンの暗殺だ。アメリカ大統領暗殺計画を知ったところで、韓国の検事に捜査権があるわけじゃないし、韓国政府に情報が上がっても、与太話で終わるだろう。あんな派手な暗殺はしない」

そこに関する糸口が誰にも分からない。藤田が入手した情報に、その答えがあればいいのだが。

携帯電話が鳴った。

「父さん、今、藤田さんが手に入れた情報をチェックしてるんだけど、とんでもないリストが出てきた」

勝手に開くなと叱るべきだが、冴木は先を促した。

「総勢十人以上の日本の政治家や官僚に裏金が渡ったみたい」

「実名があるのか」

「全部、実名だよ。かなりヤバい奴らばかり。でもなんで韓国人の検事が日本の裏金リストを持っているわけ？」

それが、暗殺の動機なのだろうか。

11

怜のパニガーレは渋滞する道路を高速で走り抜けた。藤田は振り落とされないように、必死で彼女にしがみついていた。潮の匂いを嗅《か》いだような気がした時、ホテルとおぼしき建物の地下駐車場にバイクは滑り込んだ。

「お疲れ」

駐輪した怜が、ヘルメットを脱いだ。怜についてエレベーターに乗り、七階で降りた。

「ここは？」

「セーフハウス」

「マジっすか。そんなもんが、日本にあったなんて、びっくりっす」

身元が割れているのは知っていたが、どうしていいかわからず、今まで通りの藤田のキャラクターで通した。

廊下の突き当たりにあるドアを、怜はいきなり開けた。

「藤田さん、連れてきた」

ウソだろ！

広い部屋に二人の男が待っていた。一人は冴木師範だが、もう一人は、こんな場所にいてはならない人物だった。

「安心しろ。冴木師範は、全てご存知だ」

朝鮮語で、工作官ユ・ムンシク大佐は藤田に告げた。

そう言われても安心できる状況ではない。

「君の上司であるユ大佐とは、長いつきあいでね。仕えている国家は敵同士だが、同業者のよしみというか、腐れ縁だな」

窓際に立つ師範は、とてもリラックスしているように見えた。とはいえ師範なら瞬時に臨戦態勢に入るだろうから、額面通りには受け取れない。

「とにかく座って話を聞いてくれ」

ユ大佐が先に椅子に座り、冴木師範が続いた。藤田は、テーブルをはさんで二人の正面に座った。

「最初に、悲しいお知らせをしなければならない。おまえと俺に、処分命令が出た」

ユ大佐が事も無げに言い放った。

「我々はキム・セリョンを守れなかった」

セリョンの名を聞いて、再び怒りと絶望感が込み上げてきた。

「任務を失敗したのですから、甘んじて罰を受けます。ですから一つ教えてください。そもそもなぜ、我々が南朝鮮の女を守らなければならなかったのでしょうか」

「たしかにあの命令は不可解だった。おそらくは、彼女から情報を得たかったのだろう」

つまり、暗殺を阻止したら、次は拉致せよという命令が待っていたわけか。

「そこで、おまえに選択肢を与える。今ここで俺に撃ち殺されるか、冴木師範の命令に従い、新しいプロフィールを手に入れるか、どちらかを選びたまえ」

「その前に伺いたい。母と妹、元気ですか？」

「君の母上は、九年前に、妹さんはこの春に亡くなった」

冴木が代わりに答えながら、薄いファイルをテーブルに置いた。

藤田は手を伸ばさなかった。

「二者択一ですか」

「別の希望があるなら、言ってみろ」

ユ大佐の言葉は意外だった。

「冴木師範の命令を果たした暁には、完全に自由にして戴きたい」

「一人で生き残れると思っているのか」

「それは、私の問題です。もう、国だの組織だのに隷属するのは、ごめんです」

背後の怜が口笛を鳴らした。褒めてくれているのだろうか。

「では、それで契約成立だ」

冴木が立ち上がり、握手を求めた。

「それで、私への命令とは？」

「まず、君には死んでもらう」

冴木が即答した。

12

藤田と怜に命令を伝えると、冴木は別室に移動した。タンザナイトのデータを解析している亜土と玉城が待っていた。

「どうですか」

「想像していたより、深刻な案件になりそうです」

亜土が、フォース・オブ・グローブから賄賂《わいろ》を受け取った要人リストを指で弾《はじ》いた。

防衛大臣、同省事務次官、同大臣官房長、統合幕僚長、沖縄県知事など日本の安全保障の主要メンバーのほぼ全てが網羅されている。許しがたいことに、大森素平と早見の名もリストに記されていた。

「総理の名がないのは、意外だな」と口にしてから、すぐにその理由を察した。

「そうか。総理は表向きは自主防衛論者だが、実際はアメリカ大統領の言いなりだから、わざわざカネを贈らなくてもいいわけだな」

賄賂は、意向に従わない相手を寝返らせるためにある。本人の主張を曲げさせる代わりに、カネを――。古今東西、この構図は変わらない。

自国の覇権維持を目的とした紛争地帯への出兵には、大きな危険が伴う。たとえ生還したとしても、兵士に重度のＰＴＳＤが起きたり、後遺症が残る怪我を負うこともある。

人的損害が大きいほど、国民は指導者を糾弾する。それを避けるために、米国だけではなく、ヨーロッパなどでも民間軍事会社の登用が相次いでいる。既に米国は危険地帯では、積極的に民間軍事会社に業務委託をしている。その結果、米兵は死ななくなった。市場は十兆円以上という意見もあるが、在日在韓米軍の代替は、今後の展開を考えても、インパクトが大きい。

だから、なりふり構わぬ売り込み工作が激化したのだ。

だが、地域的には、民間軍事会社を投入する理由がわかりにくかった。そもそも、日本や韓国は、隣国の脅威はあるものの、戦争の可能性は低い地域だ。

沖縄の米軍基地に対する国民のアレルギー反応を考えると、慎重に移行しないと、日米関係を揺るがす大問題になりかねない。

「玉城さん、今さらなんだが、在日米軍の民間移行について、防衛省はどう考えているんだね」

「私には畑違いの問題なので、防衛政策部門の上層部に、探りを入れてみました。背広組も制服組も、強い不信感を抱いているようです」

「だが、反対とは表明してない？」

「日米安保について、防衛省は主導権を握らせてもらえませんから。官邸が勝手に決めて、上意下達するのみです」

「個人的興味で伺いたいんですが」と亞土が尋ねた。「自衛隊は、米軍と共同歩調を取っているという印象があります。そこに民間軍事会社が入ると、これらの関係性も損なわれるんでしょうか」

「そんなことがあってはなりませんが、ならない保証もないですね。陸自はともかく、海自は米国海軍と一心同体ですから、戸惑うでしょうね。空自も、スクランブルなどの対応に問題が起きるでしょう」

亜土にも、玉城の不安と苛立《いらだ》ちが感染したようだ。

「冴木さん、民間移行というのは、全てなんでしょうか」

亜土の質問は鋭かった。

「分からない。しかし、海兵隊だけだと考えるのが普通だろう。さすがに、戦艦や空母、さらには一機一〇〇億円はくだらない戦闘機を、民間人に扱わせたくはないだろうから」

ただしこれは、冴木の希望的観測だ。

やるなら徹底的に実施するのがアメリカという国だ。ならば、海軍や空軍も民間移行する可能性はゼロではないだろう。

「さて、亜土さん、今度は私の質問にお答え戴きたい。カネの流れまで分かる証拠もある。検察としては、どこまでやりますか」

「難しいご質問ですね。判断は、検事総長以下の幹部を集めた検察首脳会議に委《ゆだ》ねられるでしょうが、私個人としては、この段階では、まだ何もできないという印象が強いです」

亞土が常識人で良かった。

「では立件に必要な証拠とは」

「受託収賄罪が成立するには、職務権限の有無ですね。カネを受け取っても、防衛問題に対する職務権限がなければ、立件は無理です」

一番のターゲットは、官房長官だろうな。

もっとも、在日米軍問題に対して、官房長官に職権があるかと問われれば、微妙なところだ。

総理の威光を振りかざして、民間移行を推し進めるぐらい強引なことをしない限り、職務権限を問うのは難しい。

「それに、受託収賄罪を問うには、既遂であるか否かが重要です」

確かにそうだ。

今後、国会やメディアで民間移行の情報が取り沙汰《ざた》された時に、FOGに有利な対応をすれば、立件の可能性が出るかも知れない。だが、現状では、カネが渡っただけだ。

ただし外国企業からの資金提供を受けたら、政治家は政治資金規正法違反に問われる。

「このリストは、暫く検察に提供しない、としたいのだが、問題ないだろうか」

「国家機密扱いされるんですね」

「そうなるかな。このリストが流出したら、日本政府は瓦解《がかい》する。それは、避けたい」

亞土が立ち上がった。

「冴木さんのご提案には、お返事できません。私はこの件にタッチすべきではないと判断しました。私は今日ここにいなかったことに致しましょう」

一礼して、亞土は部屋を出ていった。

「検事は皆、政治家を捕まえるために生きているのかと思ってましたよ」

玉城からホンネが漏れた。

「検事にも、いろんな人がいるということだろうな。現状の証拠だけだと、亞土さんの判断は正しいと思うがね」

立件しなくても、奴らに落とし前をつけさせる方法はある。それが最良の策だろう。

「まずは、省内の大掃除をする必要はあります。防衛大臣にも辞めて戴かなくては」

「大臣の方は、私に任せてもらいたい」

「助かります。ところで、この一件、冴木さんはどのように収束されるおつもりですか」

既に決めているものの、どこまで説明したものかと迷った。

「米韓日のしかるべき筋に、ある程度の情報を流す。しかし、表立っては、捜査にピリオドを打つ」

臭い物に蓋《ふた》をするのではない。世間には情報を漏らさず、決着を付けるという意味だ。

「分かりました。では、私がご入り用とあらば、いつでもご遠慮なく」

固い握手をかわして、玉城と別れた。

13

大森官房長官の自宅は、杉並《すぎなみ》区善福寺《ぜんぷくじ》の閑静な住宅街の一角にある。大物政治家と呼ばれている割には地味だが、それでも二〇〇坪はくだらない敷地に建つ純日本風の屋敷は、堂々としたものだ。

午後十一時過ぎ、外村が運転する黒のセダンから降りた冴木は、辺りに人の気配がないのを確かめた。街灯だけが煌々《こうこう》として、夜の平穏を守っている。

大森の自宅は、何度も訪ねていた。妻は他界し、現在は長年贔屓《ひいき》にしていた芸者を後妻に迎えて、二人で暮らしている。

今夜は、玄関から入るわけにはいかない。屋敷の裏側に回り、勝手口と書かれたドアの前で、大森の携帯電話を呼び出した。

「おお、無事だったか」

いかにも本気で心配してくれているように聞こえる。

「お宅の勝手口にいる。開けて欲しい」

数分後に大森本人が迎え出た。

「大胆な男だな」

「お陰で、生きながらえている」

大森は屋敷内に冴木を招き入れた。

案内された応接室には、想定外の客がいた。

「そろそろいらっしゃる頃かと思っておりました」

早見が悪びれもせず、立ち上がって一礼した。

「飲むかね？」

「戴こうかな」

グラスと氷が用意されて、酒瓶が目の前に置かれた。アードベッグの年代ものだ。

「ご苦労様」

大森はグラスを掲げたが、冴木はそれには応じなかった。

「あんたらの言い訳を聞くつもりはない。今夜の用件は、他にある」

冴木はＵＳＢメモリを取り出して、テーブルに置いた。

「キム・セリョンが手に入れた情報が、そこにある。日米政府が大爆発するレベルの情報だ」

「なぜ、それを私に渡すんだ」

「愛国心のためということにしておいてくれ。検察も立件を見送る。俺も何もしない。代わりにＦＯＧへの対応は俺がやる」

「武士の情けか」

救いがたい間抜けだな、素平さん。

「あんたの政治手腕を駆使して、在日米軍の民間化を阻止することが条件だ。まずは、明日、警察庁長官に改めて会見させて、事件の終結宣言を出せ」

「いいのか」

「事件は、封印する。そのためには、韓国側が提示した茶番を追認するのが一番だ」

「総理が、なんとおっしゃるか」

韓国との共同記者会見で、一旦《いったん》は事件解決宣言をしたのだが、その後の韓国大統領の発言を受けて、総理は極秘で継続捜査を命じていた。

ただし、総理が求めているのは、黒幕追及や真相究明ではない。韓国に先を越されないように、日本が真相を把握し、封印するためだ。

「それは、おまえが考えろ。あのバカ総理が在日米軍を民間移行することには、何の異論もないと話している動画も俺は持っている。それを流す」

本当はそんなものはないが、俺が言えば、素平も無視はできないだろう。

「分かった。どんな手段を使ってでも、説得するよ」

「それから、一刻も早く在日米軍の民間移行が政治問題として浮上しているという情報を公表しろ。メディアを使って世論を煽《あお》るんだ」

大森は、顔をしかめている。

「無茶を言うな。大混乱になる」

それが目的だよ、素平さん。日韓の国民を怒らせて、アメリカを封じ込める環境を作るのだ。

「そうなると、総理もアメリカも動きにくくなるだろうな。しかし、FOGの力は強大だぞ。オリンピックの競技中に、邪魔者を射殺するぐらいだからな。ところで、暗殺計画をいつから知っていた？」

「天地神明に賭《か》けて誓う。俺は一切知らなかった。だから、おまえの協力を仰いだんだ」

何とでも言える。冴木は、官房長官の隣に神妙に座る早見に視線を移した。

「私もまったく把握していませんでした」

「レイチェルの事件については？」

「CIAは、FOGを疑っていました。それで、あなたに調査の協力を求めたいと」

答えになっていない。

「おまえは、事件の背景を知っていたんだな」

「冴木さんにご相談に上がった直後に、FOGの幹部が接触してきました。既に、あの事件は日米政府間で内々に決着していると」

そう言いながら早見は、大森の方を見た。

「確かに、そういう提案は来た。だが、私は必要だと思ったから、治郎ちゃんにしっかり調査してもらえと早見に命じた」

「意味不明だな。おまえも、早見も、FOGの犬だったんじゃないのか」

「それは誤解だ」と、ほぼ同時に二人の口から飛び出した。早見が、補足した。

「ＦＯＧの強引さについては、今さら説明する必要もないでしょう。官房長官も私も、在日米軍の民間化については反対でした。だから、奴らは様々な工作をしたんです。奴らがカネを払ったのは事実ですが、受け取っていない。にもかかわらず奴らは、振込記録を盾に脅してくる。家族に対しても圧力をかけてくる」

巧妙な脅迫方法ではあるが、それを防御してこそ、インテリジェンスだろう。

「言い訳だな。第一、おまえは俺に銃口を向けた」

「先日、これが送られてきました」

早見がスマートフォンの画面を示した。スタンフォード大学に留学中の早見の娘を隠し撮りした写真と、彼女の住所が書かれていた。

「なぜ、俺に相談しない」

「奴らの情報網は半端ではありません。冴木さんの周辺にも、裏切り者がいないとも限りません」

裏切り者はおまえだ、早見。

「いずれにしても、あんたらは今や灰色高官だ。名誉挽回のためにも、愛国者らしい行動に精を出せ」

「ＦＯＧへの対応は、本当に大丈夫なのか」

大森は縋《すが》るように見つめている。

「あんたにやれるなら、どうぞ」

「いや、ここは治郎ちゃんにお願いするしかない。その分、国内の対応は、しっかりやらせてもらう」

「二十四時間以内に、やってくれ。その後、俺がアメリカに爆弾を落とす」

残りの酒を飲み干すと、冴木は立ち上がった。

14

藤田は戻ってこないし、冴木からも連絡がない。中村はため息をついた。

今夜も馬事公苑の宿舎に泊まることになりそうだ。

午前一時過ぎ、捜査本部に残っているのは中村一人になった。望月は藤田が戻るまで待つと頑張っていたが、うたた寝をして椅子から転がり落ちたので、寝てこいと言って部屋から追い出した。

事件が、中村の手から消えようとしている——。捜査に行き詰まったのではなく、既に刑事事件としての体をなさなくなった。

衆人環視のオリンピック会場で起きた事件なのに、未だに概要すら摑《つか》めていない。あり得ないような要因が、多々あったとはいえ、刑事としては敗北感しかない。

せめて毒島を見つけ出したい。おそらくは殺害されているだろうが、遺体を発見し家族に返してやるのは、俺たちの責務だ。

映像がループしていた十分間に何が起きたのか。そして監視カメラに細工したのは、一体誰なのか。

今も、中村はしょぼつく眼をこすりながら、膨大な監視カメラの記録をチェックしていた。

「ご苦労様です」

いきなり声をかけられて、思わず「わ！」と言ってしまった。

「冴木師範！」

「驚かせてすまない。ちょっといいかな？」

合気道の達人は、気配も消せるのか。

「差し入れだ。一緒に、どうかね？」

冴木は、手にコンビニのレジ袋を提げている。

「これは、恐縮です」

グラスを探しに行こうと立ち上がったが、「コップなんていらないぞ」と言われて座り直した。

ハイボール四缶、ミックスナッツ、チーズ鱈《たら》、そしておにぎり二個が、テーブルに並んだ。

「お疲れ様です！」と言って乾杯し、酒を流し込んだ。

「師範、ありがたいです。生き返りました」

「仕事の後の酒はうまいからねえ」

冴木がつまみの袋を次々と開けていく。

「恐縮です」

「その後、本所巡査部長の調べはどうだね？」

「ギャンブルによる借金は、相当な額だったようです。特に違法カジノにハマっていました。それを突然、一気に返済したのですから、かなりの金主が降って湧いたんでしょうね」

「どこで、スカウトされたと思う？」

「違法カジノでしょうね」

冴木が手にしていた缶をテーブルに置いた。

「事件の真相は、ほぼ、判明した。それで、君にいくつかお願いがあるんだが」

さすがに驚いた。捜査本部が束になっても手がかりが摑めないのに、元スパイとはいえ隠居老人が、どうやって解明まで辿《たど》り着いたんだ。

「今はまだ、君にも話せないんだが、近い将来、必ずすべてを話す。ただし――」

「知らない方が幸せな、真相なんですね」

そのとおり！　と言いたげに、笑いながら人さし指を向けられた。

「怖い話を聞きたくなったら、ご連絡します。それより、私へのお願いというのは」

「明日、警察庁長官が改めて事件は解決したと宣言する。犯人は、横須賀埠頭で自爆した元韓国軍人だ」

「犯行に加わった声帯模写芸人や本所については？」

「一切触れない。それから、毒島警部補については、暗殺犯によって連れ去られ、殺された可能性が高いと発表する」

「御配慮、感謝します。遺族は救われます」

殉職扱いとなれば、毒島は二階級特進し警視となる。遺族は、より手厚い補償が受けられるだろう。

「きっと君の部下たちは怒り狂うだろう。だが、そこは抑えてくれ」

望月が暴れ狂う姿が、目に浮かぶ。

「畏まりました」

さらに、冴木はいくつか無茶なことを頼んできたが、全て中村は呑《の》み込んだ。

何より重要なのは真相の解明であり、濡《ぬ》れ衣《ぎぬ》を着せられかけている毒島の名誉を回復することだ。

「一つだけ約束をする。実行犯を含め、暗殺に関わった奴らには、応分の罰を下す」

冴木の言う罰の意味は問うまい。

全てが闇から闇なら、知る必要のないことだった。

第九章　挑む者たち

1

ソウルのホテルの一室で、ジョンミンはテレビニュースを見ていた。日本の警察庁長官が記者会見をしている。

セリョン暗殺事件は、自爆した元韓国軍人の犯行だと、その後の捜査陣による捜査で裏付けられたらしい。実行犯に暗殺を依頼した黒幕については、不明だとも伝えている。

「さて、イ検事、そろそろ参りましょうか」

通訳兼ボディガードとして晴海から同行してきた古谷《ふるや》エミが、声をかけた。

ホテルには、ジョンミンは仮名で宿泊するように命じられていて、その通りにした。エミは、ジョンミンの日本人妻ということになっている。

もちろん、客室も一緒だった。

「オッケー。けど、本当に真っ昼間の方がいいのかな」

これから、セリョンの自宅をガサ入れする。闇に忍んで敢行するのかと思ったら、エミは、明るい時間帯が良いという。

「人の出入りが多い方が怪しまれません。夜、懐中電灯の光では、まともに捜索なんてできませんし、万が一光が外に漏れたら、通報されかねません」

理屈は合っている。

服装はポロシャツにジーパンという格好だ。エミも色は違うが揃いのスタイルだった。

ジョンミンが車を運転し、ホテルから約三十分で、漢江《ハンガン》を見おろす高層マンションに到着した。

ジョンミンはまだ、セリョンの部屋の鍵《かぎ》を持っている。問題は、彼女の部屋がそれで開くかどうかだ。セリョンと別れたのは三ヶ月前だ。鍵が替えられていたら、お手上げだ。そう言うと、エミは、「その時は、私が開けますから、ご安心を」と涼しげに答えた。

最初は内調や国家安全保障会議から派遣された通訳だと思っていた。ボディガードを務められると言うので、軽く手合わせしてみたら、三秒で床にねじ伏せられた。その上、開かない鍵が開けられるとなると、情報部員か怪盗か……。

セリョンの住んでいた最上階に着いてエレベーターを降りようとしたところで、エミに止められた。

彼女は廊下を見渡し、先に自分が歩いて安全を確認した。

奥の角部屋がセリョンの部屋だ。廊下を歩いていると、二人の逢瀬《おうせ》の記憶が甦《よみがえ》ってきた。

鍵を差し込んで回そうとしたところで、また止められた。

「今度は何だ?」

「キーを回さずに、下がってください」

彼女は、デイパックの中から機材を取り出して、ドア周辺をチェックしている。

「もっと下がって」

エミがゆっくりと、キーを回した。ドアを少しだけ開き、隙間にカメラを入れて覗《のぞ》いている。

「爆弾を心配しているのか」

慎重に部屋に入ったが、また止められた。

「ストップ! ブービートラップが仕掛けられています」

ジーパンの裾《すそ》がピアノ線に触れていた。その先には、プラスチック爆弾があった。

「動かないでください」

エミがしゃがみ込んで解除に取りかかる。

数分で解除を終えた。

「既に、敵に侵入されてしまっています。移動や扉の開け閉めにはご注意ください」

「分かった。でも、敵って?」

「FOGか、彼らに買収された韓国エージェントでしょうね」

あっさり言いやがる。

部屋の中は荒れ放題だった。

「酷《ひど》いな」

家具は全て破壊されていた。壁紙もはがされ、棚や抽斗《ひきだし》は中身をぶちまけられている。

「これは頭の悪い軍人たちのやり方ですね。こんなやり方では、見つけたい物も発見できないでしょう」

三時間ほど、二人で捜索した。

だが、USBメモリも、SDカードも、マイクロフィルムも何ひとつ見つからなかった。

冴木は「キム検事は、ソウルにも、重要な文書を隠している可能性があります」と言っていた。日本で発見されたメモリの中には、韓国内に関する情報は一切なかったという。

――我々が入手した情報だけでは、なぜキム検事が暗殺されたのかが解明できません。余程の秘密を、キム検事は握っていたのだと思います。

そして、ジョンミンは冴木から命じられたのだ。セリョンが隠した秘密情報を手に入れて欲しい、と――。

どんな形態で、どんな内容なのか、そして、どこにあるのかも全く分からない。

考えられる隠し場所は三つあった。

自宅、検事取調室、そして実家だ。実家には、タンザナイトをはじめとするセリョンが保有する馬の厩舎《きゅうしゃ》もある。

最初は、そこに向かおうとした。だが、昨夜遅くソウルに到着して、セリョンの実家に連絡を入れたら、厩舎と、セリョンが仕事場にしていたロッジが、数日前に全焼したという。放火されたらしい。

ならば、自宅か取調室のいずれかに行くしかない。

「イ検事が決めて」とエミに言われ、ジョンミンは自宅を選んだ。検察庁舎に何かを隠していたのであれば、とっくに発見されていると考えたからだ。

「やっぱり、検察庁かしら」

エミがため息をついた。

異臭がする。台所の冷蔵庫も中身がぶちまけられていた。開けっ放しの扉に貼られた写真に目が行った。

セリョンがタンザナイトの手綱を引いていた。その背後に車が写っていた。

青いフェラーリだった。

あいつは、「タンちゃん二号」って呼んでいた——、そこまで思い出して閃《ひらめ》いた。

「分かった！」

ジョンミンは駆け出した。

「ちょっと、どうしたんですか！」

後ろからエミに声をかけられたが、ジョンミンは止まらなかった。エレベーターで追いついた彼女は、抗議するようにジョンミンの胸を軽く突いた。

「さっき見たでしょ。トラップが至る所にあると思ってください」

「悪かった。でも、セリョンが情報を隠した場所が分かった気がするんだ」

「どこです！」

答える前に、ジョンミンは地下二階のボタンを押した。

「ここに、もう一頭タンザナイトがいるのを思い出したんだ。セリョンは、愛馬のロケットの中にUSBメモリを隠してたじゃないか」

「マンションで馬を飼っているんですか」

「フェラーリ812スーパーファストという跳ね馬をね」

「なるほど！」

駐車場に置かれた跳ね馬は、カバーをかけて大切に守られていた。ジョンミンがカバーを外すと、群青色に輝く美しいフォルムのスーパーカーが姿を現した。

「きれいな車ですね。ボディカラーが、タンザナイト・ブルーとは」

「特別に誂《あつら》えた色だそうだ。もし、何かを隠しているならここだ。だが、車のキーがない」

「任せて」

エミは、ボンネットのロックを解除した。何をするのかと覗き込むと、バッテリの配線を車から外していた。

「これで、セキュリティは働かないでしょ」

二時間かけて、車内を徹底的に捜索した。シートも外し、ドアの内側までくまなくチェックした。

だが、空振りだった。

くそっ！　絶対、ここだと思ったのに。

ジョンミンは、徒労感と悔しさで地面にしゃがみ込んだ。

エミはまだ諦《あきら》めていない。ジョンミンが確かめたところも念入りに探っている。

セリョン、どこに隠した。俺が仇《かたき》を討とうとしているんだ、ヒントをくれよ。

――特注なのは、ボディカラーだけじゃないのよ。何だと思う？

納車された日、美しく輝く車のボディを撫《な》でながら、彼女は自慢げにそう話していた。

俺は、それが何か思いつかなかった。だから、あの時もヒントをくれと言った。

セリョンは笑いながら、「ヒント？　決まってるでしょ。とにかく徹底的にタンちゃんなの」と答えた。

タンザナイト――セリョンの愛馬。

「そうか！」

ジョンミンは、フェラーリのフロントグリルを見た。

「エミさん、これだ！」

通常はフェラーリには跳ね馬のエンブレムが装着されている。それの代わりにこの車には、タンザナイトの跳ね姿のエンブレムを特別に誂えたのだと、セリョンは誇らしげに語っていた。

「この馬のエンブレム、タンザナイトを模してるんだ。上手に外せないかな」

エミが摑《つか》んで引いた。あっさりと抜けた。

エンブレムの裏側に、ＳＤカードが埋め込まれてあった。

2

待ち合わせ場所が、ザ・リッツ・カールトン北京《ペキン》とは、北の幹部らしからぬ設定だった。ユ・ヘスも居心地が悪そうだ。

暫《しばら》く会わない間に貫禄《かんろく》がついた朝鮮人民軍偵察総局次官のアン・ミンギを見て、いつから趣味を変えたのかと和仁は訝《いぶか》った。

国家安寧のために全身全霊を捧《ささ》げたアン・ミンギは、酒も飲まず、女も抱かない男で、無骨者の典型のような将軍だった。

それが、こんな豪勢なホテルのスイートに、祖国を捨てようとした老スパイとその女部下を招くとは。

「落ち着かない様子だな、ユ・ムンシク」

「失礼致しました。こんな場所で死刑宣告を受けるとは思っておりませんでしたので」

「何をバカなことを。おまえが送ってきた米日韓の不祥事の情報を、委員長は大変お慶《よろこ》びになっている」

ヘスが手に入れた情報を、本国に送るよう冴木に言われていた。

——何の成果も提供できなければ、あんたらは、世界の果てまで追われるだろう。だから、あれは全部渡すんだ。

あの程度の情報なら、いくら漏れても米日韓はさして困らないと言われた。

本当だろうかと訝ったが、和仁とヘスが日本人夫婦を装って北京入りした翌日、メディアが一斉に、在日在韓米軍の民間移行を検討というニュースを報じたのを知った。

各国首脳は必死で火消しを図っているが、日本では東京と沖縄で、韓国ではソウルで、大がかりな政権批判デモが始まったそうだ。

「既に、ユは中将に、コは中佐への昇進が決まっている」

アン次官の言葉で、和仁は我に返った。

だから、帰国するがいいとアンは付け足した。

そして、拷問と処刑台が待っているという寸法だな。

「身に余るお言葉。心より感謝申し上げます。ですが、私とコでもう暫く日本に滞在して今後の様子を注視すべきかと。現在日本に逮捕拘束されているカン・ヨンスン司令官の奪還作戦も遂行しなければなりません。閣下もご存知のように、日本国内で我々ほど深く広い人脈を持ったエージェントは他におりませんので」

「確かにそうだな。では、私の方で委員長にご説明しておこう。今後の活躍も期待しているよ」

アンはいかにも親しげに握手をして、二人を送り出した。

「何なの、あの歓待ぶりは。私は、部屋に入るなり拘束されるか、撃ち殺されると覚悟していたのに」

ヘスは、拍子抜けしたようにぼやいた。

「俺にも分からないが、アン次官は、随分様子が変わられた」

「確かにね。真面目の見本のような軍人だったのに、今じゃすっかり悪人面ね。腕時計はロレックスだし、指輪のエメラルドは嫌らしい限りだったわ」

いずれにしても、北はこの一件を落着と判断してくれたらしい。

ひと安心だった。

3

六本木のオフィスで、米日韓各国のメディアの報道をウォッチしていた冴木の携帯電話が鳴った。

「早見です。総理が今晩、辞意を表明されます。そこで、在日米軍の民間移行など了解した覚えはないと明言するそうです」

もっと往生際が悪いと思っていただけに、朗報だった。

「ＦＯＧの方は、どうだ？」

「亜土さんの頑張りで、殿谷が、司法取引に応じました。彼らの証言で、国内数ヵ所に違法な武器庫があることが判明しました。近くガサ入れを行います」

そろそろおまえ自身の身の振り方も考えろよ、早見。素平さんは、事態収拾を見届けた時点で、政界を引退すると冴木に約束している。

「アメリカからの情報は？」

「冴木さんの方がよくご存知では？」

「勿体《もったい》つけずに、教えろ」

「国家情報長官《DNI》は、明日、辞任するそうです。連邦検察庁とＦＢＩは、ただちに逮捕状を請求するという情報も入っています。冴木さん、一体、アメリカにどんな人脈をお持ちなんですか」

「上院の良心」と言われる議員と、有力新聞社の社主、そして、ＣＩＡやペンタゴンを引退したレジェンドらに事件の概要を送って、「こんなことを許せば、アメリカの栄光は地に堕《お》ちるぞ」と脅しただけだ。

「企業秘密だ。いずれにしても、後は、大統領とＦＯＧの幹部だな」

自浄能力に関しては、米国は日本の比ではない。いつまで経っても、誰も落とし前も付けず、ただ時が過ぎるのを待つだけの日本のようなスタンスを取っていたら、米国はとっくに滅びていただろう。世界の覇者たらんとする米国は、常に激しく新陳代謝する。たとえ国家を牽引《けんいん》する政治力やリーダーシップを発揮した人物であっても、国家を貶《おとし》めるような行為や瑕疵《かし》が分かれば、ただちに排除して、新しいキングを据える。それが、アメリカ合衆国だった。

「米国大統領は、辞めないと頑張っているそうです」

「ニクソンだって、最初はそう言っていた」

同意しかねるのか早見は暫《しば》し黙り込んでから、報告を続けた。

「先ほど北京から入った情報なんですが、北京市内で自動車が爆破される事件が発生したそうです。車に乗っていたのは、日本人夫婦の可能性があると、地元ニュースが伝えています」

「そんな話を、なぜ、俺に伝えるんだ？」

「今、北京に北朝鮮の朝鮮人民軍偵察総局次官のアン・ミンギが滞在しているのをご存知ですか」

「いや、知らない。それがどうかしたのか」

「内調の北京駐在員がマークしていたのですが、アンが投宿しているホテルに、和仁が女性と一緒に姿を現したそうなんです」

「なぜ、奴が北京に？」

「不明です。それで、二人が部屋を後にして、駐車場に駐めた車に乗り込んだら、爆発が起きたと」

冴木は、黙り込むしかなかった。

「冴木さん、聞いていらっしゃいますか」

「つまり、和仁が死んだと？」

「その可能性が高いです。残念です」

4

久しぶりに警視庁に戻った中村を、管理官が呼んだ。

「拳銃《けんじゅう》自殺して、海に転落したらしい男の死体が晴海で発見されたそうです。ただちに、現場に行ってもらえますか」

「自殺現場にですか？」

「何でも、遺体のポケットから、あなた宛の遺書が出てきたとかで」

中村の胃がしくしくと痛んだ。だが、それ以上は何も言わずに、指示に従った。

「何か事件ですか」

目ざとく望月に質問された。今日は休めと言ったのに、出てきたか。

「個人的な用だ」

「事件でしょ。私も行きます」

「おまえは、今日は休日だろ」

「はい。休みだから、行きたいところに行きます」

現場に向かう車内では、言葉が途切れがちだった。中途半端な状態でキム選手暗殺事件を終結しただけでなく、可愛がっていた藤田は、行方不明のままだ。

望月は、前方を厳しい顔で睨《にら》みつけているが、ハンドルを握る指先が小刻みに動いている。

「何か、心配事か」

「藤田のことで、嫌な噂を聞いたんですが」

「どんな？」

「奴が、北朝鮮のスパイだったっていう」

「なんだ、いきなり」

「ですよねえ。でも、あいつ、韓国語がペラペラだったんです。キム検事の警護中に猛勉強したと言い訳してましたが、あれは元々、しゃべれたに違いありません」

藤田については、冴木から聞いている。だが、それは望月には言えない。

「藤田が北朝鮮のスパイだったとして、キム検事の事件にどう関わるんだ。あれは、韓国人の犯行と決着が付いているんだぞ」

「そうなんですよねえ。やっぱりデマかなあ。とはいえ、ヘリから飛び降りた時の奴の動きといい、あれっきり行方不明になってることといい、やっぱ、普通じゃないでしょう？」

「俺は、妄想をしないことにしているんだ。憶測には答えられん。いずれにせよ、藤田は良い警察官だった」

「それは私も認めます。直情型だけど、真面目な奴でした。ウチに来ればいいのにと、何度思ったことか」

それきり望月は黙り込んでしまった。

現場に到着した時、雨が降り始めた。望月が車のトランクから傘を二本取り出して、一本を中村に手渡した。

月島《つきしま》署の刑事課長が、二人を迎えた。

「ご苦労様です」

「ご苦労様です。それで、ガイシャは？」

課長が、埠頭《ふとう》近くの倉庫に案内した。

遺体は担架に乗せられ、白い布がかけられていた。既に鑑識も監察医の姿もない。

中村と望月は、遺体の前で合掌してから布をめくり上げた。顔が銃弾のせいで潰《つぶ》れていた。望月が、呻《うめ》いた。

「銃口を、こめかみに当てたんでしょうが、弾丸が顔の方に逸《そ》れたんだろうと、監察医は言っています」

「酷く破壊されていますね。普通の弾丸で、こんな爆発的な傷ができるんですか」

何とか立ち直った望月が、的確な質問をした。中村も同感だった。

「特殊な弾丸が用いられた可能性もあるそうです」

脳裏に、キム選手の遺体の様子が浮かんだ。ホローポイント弾で狙撃《そげき》された彼女の後頭部も、酷く破壊されていた。

「銃弾は？」

「発見されていません。海に落ちたのかも知れない。で、中村さん、上着のポケットにこれがありました」

びしょ濡《ぬ》れの封筒が証拠品袋に詰められていた。

滲《にじ》んだ文字で封筒の中央に「遺書」とあり、中村警部殿と書かれていた。

「どういうことですか」

望月に問われて、現場に呼ばれた理由を説明していなかったのに気づいた。

「ホトケさんが、俺宛に遺書を残したんだそうだ」

「なんですか、それ」

答える前に、刑事課長に証拠として実物は不要なのかと尋ねた。

「事件性はないとの判断が下りました。どうぞ」

「ちょっと、それは杜撰《ずさん》じゃないんですか。そもそも銃で撃ったって、あっさり仰《おつしや》いますが、この国では銃の保持は違法ですよ。事件として捜査すべきでは？」

望月の抗議は当然だった。刑事課長は、黙ってもう一つ証拠品袋を差し出した。警察手帳が入っている。

身分証が分かるように開いてあった。

「うっそ」

藤田陽介。顔写真を含めて、間違いなく藤田の身分証だった。

「詳しい事情は知りませんが、内々に手配されていた男ですよね。本店の上層部から、捜査に及ばず、というお達しがありました」

中村は証拠品袋を開いて、遺書を取り出した。


〝自分は、今、途方に暮れています。命に代えても守ると誓ったキム選手を守れなかったこと。そして、自分の正体も発覚してしまったこと。

それによって、皆さんに多大な迷惑をかけるだろうと考えると、堪《たま》りません。

ここは、死ぬしかないと決めました。

短い間でしたが、中村係長の下で仕事ができたことは誇りです。

藤田　陽介　拝

中村　隆《たかし》　様

追伸：望月先輩にお伝えください。
　先輩とコンビを組ませてもらって、幸せでした〃

　中村は、望月に遺書を渡した。

「最後までバカな奴！」

　望月が号泣している。

　――あんたには、辛《つら》いことばかりを押しつける。だが、それが最良と判断したんだ。

　冴木は拝むように告げたのだ。中村は、それを全て承知して引き受けた。これもその一つだ。

　悪いが頼まれてくれ。

　刑事課長が声をかけてきた。

「彼には家族がいないそうです。遺体の処理はどうしますか」

「ならば、葬儀の方は私が仕切りましょう」

　刑事課長は、安堵《あんど》したように敬礼した。

5

　藤田の自殺が確認されてから十日後、冴木はソウルに飛んだ。同行しているのは外村一人だ。

久しぶりのソウルの街は、さらに派手派手しくなっていた。

外村が手配した特別仕様のSUVに乗って車窓を眺めながら冴木は、時代のうねりが、今まで以上に複雑かつ強力になってきたと感じていた。

冴木が現役だった頃、一体誰が、軍隊を民間企業に委《ゆだ》ねようなどと考えただろうか。全てに於《お》いてマネーを優先し、リスクを取らない為政者が権力を維持するために、かつてスパイと呼ばれた者たちが命がけで守ってきたものを、次々と捨てていく。

国家の存亡も、国益も、安全保障も、未来への希望も、どうでも良いことになった。

そんな社会は許せないと踏ん張ってきた。だが、もはや、日本という国では、外国に蹂躪《じゅうりん》されても、国益を食いつぶされても、誰も何も気にしないのではないかと思えてくる。

だとすれば、スパイなんて必要ない。

そもそも俺は何をしている。

絶滅危惧種《スパイ》をとっくに引退した老人なのに、誰よりも必死で闘っている。

誰かに頼まれたわけではない。正義感でもない。ただ、我が道理に照らして、許せないだけだ。

俺の目の黒いうちは、こんな堕落は認めない。その一点だけで、俺は生きている。

「冴木さん、私と二人だけで本当に大丈夫ですか」

これから会う相手の一人は、自らの地位が危うい状況にある。それだけに、手段を選ばず排除に動くかも知れない。だが、ソウル中央地検特捜部長が、同席するのだ。さすがに愚行は犯すまい。

「大丈夫だ。俺は、おまえさんがいれば充分だよ」

「分かりました。ナビでは、あと五分で到着です」

チャン・ギョングと会うのは、キム・セリョンが殺害された理由を教えるためだ。

レイチェル・バーンズが命と引き換えに残した情報——バーンズ文書は、三種類存在した。

一つは、北朝鮮の工作員ウルフことファン・ジョンジェが、レイチェルのノートパソコンからコピーし、コ・ヘスに渡った文書だ。その中身は、アメリカ国内の工作の実態とカネの流れが中心だった。そして、一時期在日在韓米軍の民間移行に反対の意を表明していた米国大統領の暗殺計画の情報があった。

だが、日韓の政府高官や民間軍事会社の名は、特定されていなかった。

次に、藤田がタンザナイトのロケットから入手した情報には、民間軍事会社がFOGであること、そして、日本で裏金を受け取った政府高官について、実名が記されていた。

これは日本の情報に特化されていた。なのにキム検事と合同で極秘捜査をしていた清田検事は知らなかった。

冴木は、シンガポールから帰国した清田に事情を聞いた。

清田は、「大筋は私も知っていたが、実名についての情報は、バーンズからまだ来ていないとキム検事が言っていた。ただ、大会直前に会った時、キム検事は新たな情報を得たと示唆していた。おそらくそれが、実名情報だった可能性がある」と説明した。そして「あの時、自分が日本を脱出していなければ、その情報を得ていたかも知れない」と悔やんでいた。

そこでキム検事は、清田に渡すはずだった情報を、タンザナイトのロケットに隠し、彼女がただ一人信頼を寄せる捜査関係者である藤田に託したのだと考えられた。

そして、キム検事の愛車から、イ・ジョンミン検事が発見した第三の情報には、韓国の灰色高官の名が実名で記録されていた。

さらに、高度に暗号化した文書も一緒に保存されていた。それが解読された形跡はなく、キム検事も内容は知らなかったと思われる。

その暗号解読を内村に頼み、成功したのを受けて、冴木はソウルに飛んだのだ。

「エミ姐《ねえ》さん、外村です。ホテル地下駐車場に来てください」

心強い助っ人である古谷エミも、通訳として同席する。

彼女は、在日韓国人の娘に生まれ、冴木とのつきあいは古い。彼女が中学生の頃、一時、冴木の道場の生徒だった。その後、テコンドーの道に進んで優秀な成績を収めた。その間も時々道場には顔を見せていたし、選手時代に腰を痛めた時は、冴木の親しい整体師を紹介したこともある。

現役を引退してからは、日韓の梯《かけはし》になりたいのだが、韓国にも日本にもなんとなく居場所がないとエミから相談を受けた。冴木が、工作担当部長の時だ。

それで、アセットとしてリクルートした。頑張り屋のエミは、韓国について精度の高い情報をもたらした。

現在は北海道で悠々自適の暮らしをしているが、この一件のためにわざわざ引き戻した。

車がスムーズに駐車場の車寄せに滑り込んだ。ドアを開くと、エミが笑顔で待っていた。

「ご苦労様です。異常なしです。外さんが車を駐《と》めてくるまで、私と治郎さんはここにいます」

「久しぶりにソウルに来て、あまりの変化に、浦島太郎になった気分だよ」

「私もそうです。六、七年ほどご無沙汰《ぶさた》しただけなのに何だか、凄《すご》く味気ない都市になってしまって残念です」

同感だった。

「ソウルらしさを失わないで欲しいと願うのは、懐古主義者のエゴなんだろうか」

「私はそうは思いません。最近、日本でも自分たちの原点について考える若者が増えてきたじゃないですか。韓国でも、そういうムーブメントが起きればいいなと思っています」

6

「なんだ、今日のキャディにはオッサンもいるのか」

ゴリラのような体型の白人は、和仁を見て不満を口にした。

「ミスター、このキャディ、幸運を呼ぶ男として有名なんですよ」

久しぶりに使うはずなのにコ・ヘスは英語が上手《うま》い。

白人二人は、バリ島にあるリゾートホテルのプライベートコースを、ほぼ毎日回っている。

和仁とヘスは北京で大芝居を打った後、冴木が用意した新しい身分である赤井均《あかいひとし》と寿《ひさ》子《こ》の日本人夫婦となって、バリ島に向かった。

——和仁、家族を守りたいなら、潔く死ぬことだ。さもないと、家族もろとも殺される。あんたには、敵が多すぎる。だから、ヘスと二人、北京で死んでくれ。

家族には二度と会えない。だが、それで家族を守れるなら、やるしかなかった。

ヘスは、「私は好きにさせてもらう」と拒絶した。だが、冴木から最後のミッションを告げられると、夫婦を装ってバリ島に行くことを承諾した。

最後のミッションすなわち、レイチェル・バーンズ、そしてウルフことファン・ジョンジェとパク・ヒョンデを殺した尋問官らの排除をバリで遂行するのだ。尋問官まで特定するとは、さすがマジック・ジローである。つくづく敵に回したくない男だ。

冴木は、処分方法については任せると言った。

仲間やバーンズ中佐が味わった拷問の苦しみを、彼らにも体験させてよいという意味だと理解した。

準備に一週間かけて、二人の尋問官を監視した。

今日の彼らは調子が良く、前半の九ホールを四〇台前半のスコアで回った。

ここで、第二クラブハウスに入り、ビール休憩をする。

「休憩は三十分だ。三十分後に、玄関に集合だ」

そう告げられたのは、和仁だけで、ヘスは、ビールを一緒に飲もうと誘われている。

これも、計画のうちだった。

二杯目を飲み始めたところで、ヘスが強烈な利尿剤をビールに入れる。たまらなくなってトイレに駆け込んだところを昏倒《こんとう》させて、裏口に横付けしたワンボックスカーに連れ込む算段だった。

和仁は、まず車をクラブハウスの裏口に横付けして、ハザードランプを点滅させた。

ヘスとは、無線で連携している。早くも二人とも一杯目を飲み終えたようだ。

トイレで襲うのには、メリットがある。どれだけの猛者《もさ》でも、用を足している時は、隙だらけだ。

〝あら、ドニー、どこ行くの？〟

〝トイレだよ。急に催した〟

無線から流れてくる会話を聞いて、和仁はトイレのそばで待ち構えた。

駆け足で入ってきたドニーに続いて入り、入口のドアを閉めた。

「漏れる漏れる！」と喚《わめ》くドニーの首筋にスタンガンを当てた。だが、全く効果がない。

何？

「何だ、おまえか。何か用か」

和仁は出力を最大にして、露出したドニーの下腹部を狙った。

それでようやくドニーは昏倒した。

和仁は、ドニーを個室に引きずり込んだ。

〝次も、行ったわよ〟

トイレの外に出る余裕はないので、和仁は、ドニーと一緒に個室に潜んだ。

勢い良くパットが放尿しているのが聞こえる。扉を開けて出た。パットの方が体が大きい。


今度は躊躇《ためら》いなくパットの股間《こかん》にスタンガンを当てた。

「何だ、おまえ！」

いきなり巨大な拳《こぶし》が頬に飛んできて、和仁はもんどり打った。立ち上がる前に胸に乗られて、首を絞められた。和仁は必死で抗《あらが》うが、どうにも分が悪い。

気が遠くなってきた。

その時、背後から近づいてきたヘスが、パットのこめかみに、スタンガンを当てた。痛みに呻き、床に転がったパットの股間にもう一度衝撃を与えると、やっと動きが止まった。

よし、ショータイムの始まりだ。

7

「これはこれは、冴木さん、ソウルへようこそ。お久しぶりです」

チャンが陽気に握手を求めてきた。

「お忙しいのに、お時間を取って戴き恐縮です」

「韓国検察界の重鎮が同席しているのが解せませんな」

明らかにノ・ホジンの同席を嫌っている。

「ノ部長は、ソウル中央地検が発見した重要証拠について、チャン室長にご相談があるそうです。もちろん、私たちの対話とも密接な関係がある」

好きにしてくれと言いたげに、チャンは両腕を広げた。冴木は、韓国語もそこそこできる。だが、誤解を生まないためと断って、エミに通訳を頼んだ。

「チャン室長にぜひお願いしたいことがあるというのは、他でもありません。キム・セリョン検事を暗殺し、在韓米軍の民間移行を強引に推し進めようとする不逞《ふてい》の輩《やから》を逮捕するためです」

「何の話をしているんです。あれが終わった事件であるのは、貴国も正式に認めたではないですか」

「表向きはそうです。だが、実際には、まだ大きな問題が残っています」

「伺いましょう」

「バート・スミスという人物を、逮捕して戴きたい」

「誰ですか」

「ご冗談はおやめください。アーネスト・スミス・アメリカ国防長官の弟であり、韓国軍の軍事コンサルタントもお務めでいらっしゃる」

「ああ、あのスミス将軍ですか。逮捕の理由は？」

「韓国政府要人に対する贈賄容疑です。なんなら陰謀罪でも国家反逆罪の共犯で捕まえてもいいかもしれない」

「それはまた剣呑《けんのん》ですな。そもそもなぜ、日本人のあなたが、我々の国家的一大事の対策について指揮しようとするのです。失礼じゃないか」

エミが分厚いファイルを鞄《かばん》から取り出した。

「キム・セリョンさんが密《ひそ》かに隠し持っていた情報です。この情報を持っていたために、キム検事は暗殺された」

キム検事の愛車からジョンミンが見つけたＳＤカードには、韓国の灰色高官の実名のほか韓国内で暗躍する軍事コンサルタントの実態が克明に記録されていた。

ボスがバート・スミスで、彼が政界工作を行い、韓国内では在韓米軍の民間移行は既定路線になった。

バートは、とんでもないワルだった。賄賂《わいろ》で靡《なび》かない相手には、暴力や脅迫で服従を迫った。その実態の一部も記されていた。この情報の裏付け捜査は、まもなくノ部長の指揮下で始まる。

さすがのチャンも顔色をなくしている。

「我々が日本で入手した情報だけなら、キム検事の暗殺事件解明には辿《たど》りつけなかった。そこでもっと他に、FOGを絶体絶命に追い込むような情報があったはずだと考えました。それが、バート・スミスの情報だった」

何しろ相手は、米国防長官の実弟なのだ。そんな人物を、韓国が贈賄なり陰謀罪で逮捕したら、FOGは米国政府から絶縁されるだろう。

そこで、レイチェルを拷問して、キム検事に重大情報が渡ったと知る。そして、キム検事を暗殺しただけでは足りず、実家の厩舎を焼き、死者の自宅までガサ入れしたのだ。

「悪いが、私にお手伝いできることはない」

「ただで、面倒な問題を抱えろとは言わない。自覚しているだろうが、キム検事は、国情院の複数の幹部の不正の動かぬ証拠を摑んでいたんですよ。これを公表したら、あなたがたは国民から売国奴とレッテルを貼られ、下手をすれば死刑になる」

「室長、既に、キム検事が集めた捜査資料や証拠は、我々韓国の検察の手にあります。そして、冴木先生からは、韓国の未来のために、今回は立件を見送らないかと、ご指導をいただいています。しかし、この事件の一番の功労者であり、韓国民の誇りであるキム・セリョンを、我々は失ってしまった。これ以上、国民を失望させるわけにはいきません」

ノ部長の声に怒りが滲んでいる。

「つまり、スミス将軍を説得して、在韓米軍の民間移行を諦《あきら》めさせたら、国情院の不正には目をつぶる、と?」

チャンが険しい表情でノを睨んでいる。驚いたことに彼は不正に手を染めていない。そして、上層部に巣くう疑惑の対象者らがいなくなれば、国情院はチャンのものになる。ただし、それには極秘処理が条件だ。

チャンは腕組みをして考え込んでいる。ここは、運命の分かれ道だ。

「分かりました。ご協力しましょう。それで何をすればいいですか」

8

〝眠りネズミ〟は、怜が用意した場所に潜み、準備を整えた。

ターゲットは、FOG社長のウォルター・オニール。

但し、条件付きだ。

現在行われている米国上院委員会の公聴会で、自らの罪の全てを告白し、自社を解散すると宣言したら、狙撃は中止する。

今やオニールは時の人だが、自身の正当性しか主張していない。今さら宗旨替えするとは思えないし、米国大統領をはじめとする政府高官を守るためにも、自白なんてしないだろう。

〝公聴会が始まったよ〟

逃走用のバイクを準備して、ビルの下で待機している怜は、公聴会の様子をネットテレビで視聴している。

待っている間、〝ネズミ〟は、タンザナイトのペンダントを撫でていた。

そうすると気持ちが落ち着く。

――まずは、君に死んでもらう。だが、藤田陽介を葬り去ったら、どうしてもやらねばならない作戦を引き受けて欲しい。

それが、オニール暗殺だった。

〝ネズミ〟が、実際は狙撃のエキスパートであるという情報は、ユ大佐から聞いたのだろう。その命令は、もはや生きる意味も価値も見出《みいだ》せないでいた〝ネズミ〟に、生きる力を与えてくれた。

自らを殺した後、アメリカ入りした〝ネズミ〟は、狙撃の再訓練に精を出しながら、この日が来るのを待った。

命を狙われているのは、オニールも察知しているらしく、身の安全を守るために、万全の態勢を敷いている。

だが、公聴会終了後、会場の外で、即席の記者会見をするというのだ。その傲慢《ごうまん》さが、奴の命取りになるだろう。

——力でねじ伏せるというやり方は、よくない。本来ならこの問題は、外交力と各国首脳の矜恃《きょうじ》によって、膿《うみ》を排除すべきなんだ。だが、米日韓のいずれの国にも、今回の場合は、自浄の意志は感じられない。だから、やむをえない手段として、狙撃を認める。だがな、陽介、これは復讐《ふくしゅう》ではない。

作戦だ。

冴木の声が、脳内で反復している。

そうだ、復讐ではない。作戦なのだ。

セリョンは復讐なんて望まない。だが、作戦なら喜んでくれるだろう。

〝ミッキーマウスちゃん、おめでとう。傲慢なオニールには、改心の余地なしよ。あと、五分余りで外に出てくる〟

怜の報告を聞いて、〝ネズミ〟は、銃に弾を込めた。銃は、セリョンの命を奪ったのと同じレミントンM700、銃弾はホローポイント弾だ。

〝席を立った。行くよ〟

〝ネズミ〟は心を空にした。スコープを覗き、風と距離を再確認する。
真っ正面に、はっきりとポイントを捉《とら》えている。
──素敵なお名前ね、陽介さん。
セリョンの香りが鼻の奥に甦った。
オニールが現れて、マイクの前に立った。
〝ネズミ〟は、ゆっくりとトリガーを引いた。

エピローグ

その年の秋――

その日、ジョンミンは、検察庁に遺されているセリョンの部屋にいた。

セリョンが亡くなって二ヶ月余りが経過した。今なお、韓国メディアは暗殺事件の真相を探ろうと四苦八苦している。

だが、青瓦台《チョンワデ》、国情院、検察庁が封印した秘密を、こじ開けた者はいない。

そこで、メディアお得意の憶測合戦が始まった。

当局は強く否定しているが、セリョン暗殺の黒幕は伯父の大統領チェ・ジェホだという決めつけが、SNSを中心に広がっていた。セリョンが、大統領不正事件の捜査に加わっていたことが、韓国の国民にも知れ渡ってしまったからだ。

そして、遂に大勢の怒れる市民が光化門広場《クァンファムングァンジャン》に集まり、大統領の辞任を求めるデモが、十日前から始まっていた。

セリョンから大統領不正事件を引き継いだジョンミンにとって、この騒動は大いに迷惑だった。

関係者の誰もが口をつぐみ、証言を撤回する者まで現れる事態が相次いだためだ。

その上、大統領の不正疑惑を裏付ける証拠が乏しいとあって、捜査は完全に暗礁に乗り上げてしまった。

既に、ソウル中央地検特捜部のノ・ホジン部長からは、あと三日で、証拠が入手できなければ、捜査を終結するよう命令されていた。

完全に手詰まりだった。

そのモヤモヤを吹き飛ばすため、セリョンから力をもらおうと、彼女の部屋を覗いたのだ。

主《あるじ》がいなくなっても、セリョンの私物を含め、在任時のままの状態で維持されていた。

捜査が原因で暗殺された検事が使った部屋など縁起が悪くて、誰も使いたがらないという説が最有力だった。だが、ジョンミンは、別の説の方が気に入っている。

それは、命を賭《と》して巨悪に挑み、韓国の危機を救った検事の部屋は、キム・セリョン記念室にすべきという声があり、その判断が下るまで、現状維持となっている、という説だ。

これまでも何度か、悲しみに耐えられなくなってこの部屋で過ごしていた。だが、今日は明確な目的があった。

古谷エミから、昨夜遅くに、突然メールがあり、セリョンのフェラーリから発見したSDカードから、さらに新たな隠しフォルダが見つかったと知らせてきた。

〝解除方法が分からなくて、知り合いのハッカーに聞いてみました。そうしたら、キム検事のパソコンにカードを差し込んだら、解除されるようにプログラムされている気がする、と言っていました。試してみて！〟

そして今朝、自宅の新聞受けにＳＤカードが届けられた。

隠しフォルダにあるのは、在韓米軍の不正事件の証拠ではないかと、ジョンミンは考えている。だとすれば、もはや捜査は行えない。

気乗りしなかったが、わざわざ隠しフォルダを作ってまでしまい込むほどの情報なら、解明するべきだと、自分に言い聞かせた。

ジョンミンは、セリョンが使用していたデスクチェアに座った。

デスクの上にチリ一つないのは、清掃スタッフが毎日、部屋の掃除を欠かさないからだ。

パソコンの起動を待つ間、ジョンミンは背もたれに体を預けて、壁際のラックをぼんやりと眺めていた。

最後にここでセリョンと会った時に、彼女が読んでいた日本語の本の背表紙が、目に入った。

立ち上がり、その本と、パール・バックのペーパーバックを手にしてデスクに戻る。

そして、スマートフォンを取り出して、日本語の文庫本の表紙に、カメラを向けた。

セリョン暗殺事件後も、日本の検察庁や冴木や古谷とのやりとりが続いたため、少しは日本語を理解しようと、スマホに翻訳ソフトを入れたのだ。

『繊細な真実』という文庫の帯の文言が、まるでセリョン事件を象徴しているようだった。

〝恐るべきはテロか国家か〟

裏表紙に書かれたあらすじを読んで、アッと小さな声を漏らした。

その小説は、民間防衛企業の陰謀を描いていた。

だから、セリョンは熱心に読んでいたのか。

あの時、この本にもっと興味を持っていたら、俺はセリョンを救えただろうか。

いや、あの時の俺の頭の中は、セリョンの生意気な態度と一方的な別れ話で、怒り狂っていたから、無理だったな。

読めるわけがないのだが、ジョンミンはその本を、上着のポケットに忍ばせた。

そして、もう一冊も手に取った。ペーパーバックは、古い本だった。

そうだ。『大地』を書いたパール・バックの本だったな。

こちらは、英文なので、ジョンミンにも読める。

“Command the Morning”、暁を制せよ――。

こちらのあらすじにも目を通した。

第二次世界大戦終結直前、アメリカが日本に投下した二発の原爆の開発に携わった科学者たちの葛藤と苦悩を描いた小説のようだ。

戦争終結という大義の下で、戦後の覇権を強固にするための原爆を、世界に先駆けて落とす。そんな神への冒瀆《ぼうとく》とでも言える愚行を、なぜ止められないのか――。

この一冊は、アメリカの身勝手な理由で在韓米軍が民営化されるのを、指をくわえて見ているのかというセリョンの心の叫びを代弁しているのかも知れない。

いや、ちょっとこじつけかな。

ページを繰ってみると、時折、文字に赤い印がつけられている。

そして、ページをめくる拍子に後ろの方のページにはさんであったらしい紙片が落ちた。

「これは……」

〝民間軍事会社移行の見返りとして、韓国の核配備については米国側は黙認すると仄《ほの》めかした模様〟

文字の赤い印と、この生々しい文章――。もしや……と思い印のついた文字を拾い出してみた。紙片と同じ文章になった。

この本は、乱数表解読のためのツールだったのだ。発信者から指定された数字などに従って、乱数解読表となる本から文字を拾い出していくと、通信内容が分かるしかけだ。

第一次世界大戦以降、世界中のスパイが好んで利用していた通信方法だというのは、ジョンミンも知っていた。

この方法を利用して、セリョンはおそらくレイチェル・バーンズと、情報のやりとりをしていたのだろう。

ジョンミンは、ワイシャツの胸ポケットからSDカードを出して、パソコンに差し込んだ。

何が出るやら。

SDカードを開くかどうかの確認表示が出た。OKと返すと、TSと名付けられたフォルダがあった。このSDカードの中身は、何度も徹底的にチェックしている。だが、こんなフォルダは、今まで見た記憶がない。

フォルダをクリックすると、パスワードを入れろと来た。

さっき、セリョンのパソコンを立ち上げる時に打ち込んだのと同じように、タンザナイトと打ち込んだ。

NGだった。あれこれ、思いつくものを入れてみたが、ダメだった。

そろそろ正しいパスワードを入れないと、解除不能となりそうだ。

やけくそで、ジョンミンと打ってみた。

開いた。

「セリョン、おまえ」

ジョンミンは、複雑な気持ちで開いたフォルダに向き合った。

そこに、大統領の不正疑惑の証拠がずらりと並んでいた。

＊

〝眠りネズミ〟は、その男を、フロリダのビーチで見付けた。怜の情報通りだった。

ジェフリー・ロック、元海兵隊の射撃手だった。腕前は海兵隊屈指で、現役時代は八〇〇メートル先のターゲットの狙撃《そげき》に成功している。

そして、三ヶ月前、日本の馬事公苑で、キム・セリョンの眉間《みけん》を撃ち抜いた男だった。

冴木からは、今回は狙撃ではなく、近接戦で処理するように言われている。

男は、二十代の女性二人と移動している。家族ではなく、遊び相手に見えた。女性は、長身で服装も派手だった。ロックが二メートル近い身長があるため、彼らはどこにいても目立った。

大仕事を終えて、小休止のつもりなのだろう。周囲への警戒を怠り、隙だらけだった。

それでも〝眠りネズミ〟は、三日間かけて男を監視し、尾行した。

その結果、男は毎日決まったビーチの店で会食すること、そして、大量の酒を飲んで店を出ることが分かった。

深酒はしても足下は確かであり、一度、彼に絡んだ街のチンピラがいたが、三十秒で片付けてしまった。

油断は禁物だ。さらに、同行している二人の女性を傷つけたくない。だが、いざとなると防御の楯《たて》に女を用いる可能性があった。

〝眠りネズミ〟は、怜から一本のナイフを渡されていた。果物や野菜を花のようにカットする時に利用するカービングナイフだ。刃先は、錐《きり》のように細く鋭い。刃にかぶせるキャップが付いていて、一見すると万年筆のようでもある。

宿泊先のホテルの部屋で、〝眠りネズミ〟はそれを一心に研いだ。

そして、四日目の夜、いつもと同様に、女性二人と海辺のレストランで夕食が始まった。それからの流れも、毎日、同じだ。ビールが好物のロックは、大ジョッキで五杯ぐらいを三十分で空けてしまう。そして、トイレに立つ。

〝眠りネズミ〟は、トイレ近くのテーブルでカンパリソーダを飲んでいた。四杯目のジョッキを空けた時、ロックが立ち上がった。〝眠りネズミ〟も席を立ち、トイレに向かった。

トイレの奥に潜み、気配を消した。そしてロックがトイレに入ってきたら、すれ違いざまに頸動脈《けい》を切断し、そのまま立ち去る——。

三十秒ほど待っていると、ロックの巨体が見えた。だが、今日は一人じゃない。女性が一緒だった。

どういうことだ！

二人は、トイレの前で、いきなり激しく求め合った。女は彼の前に屈《かが》んでロックのズボンのファスナーを下ろした。

致し方ない。

〝眠りネズミ〟は動いた。

ロックは壁にもたれて天井を向いてうめいている。両手は、女の頭を押さえている。

シャツのポケットからナイフを取り出し、二人に近づき、恍惚《こうこつ》に耽《ふけ》るロックの首に深々とナイフを突き立て、そのまま横に引いた。

女の頭に血が滴った。返り血は〝眠りネズミ〟の顔にも飛んだが、野球帽を目深に被り、店を出た。

女の悲鳴が店内に響き渡った。

＊

「これは、中村二段、久しぶりじゃないか」

警視庁の道場に稽古《けいこ》に出向いた冴木は、目ざとく中村警部に声をかけた。

「ようやく、お邪魔できました。でも、もうすっかり鈍ってしまいまして」

「じゃあ、お手合わせと願おうか」

「よろしくお願い致します」といった瞬間、中村は床に転がっていた。

「二段、もっと集中して。気が散っては、合気道にならんよ」

立ち上がった中村が気合いを入れて、再び冴木に立ち向かった。

今度はすぐに投げ飛ばすようなことはせずに、冴木は中村を引き寄せた。

「後で、渡すものがあります」

素早く囁《ささや》くと、中村が頷《うなず》いた。

一瞬、気を緩めた瞬間、冴木は、中村に投げられた。

「お見事！」

わずか三十分の稽古で、中村はすでに足がもつれていた。これが限界と諦《あきら》めて、壁際にへたり込んだ。

「お疲れ様です！」

師範代を務める冴木怜が、中村にペットボトルのミネラルウォーターを差し出した。

「これは、恐縮です」

「父を見事に投げてやりましたねえ」

「いやあ、あれは投げさせて下さっただけで」

「でも、中村さんに気がなければ、そこまでしませんよ。これ、父からです」

鮮やかな群青色の封筒で、中央に馬が跳ね上がっていた。中に入っているのは、USBメモリと文書のようだ。

「キム・セリョンさんが暴こうとしたワルたちのリストと、証拠の写しです。コイツらが約束を破った時は、父はメディアに暴露するそうです」

剣呑《けんのん》な話題にもかかわらず、怜は世間話をするように話している。

「こんなものを、私は戴《いただ》きたくないですな」

「そうおっしゃらず。父も万能じゃありません。いつ、どんなふうに抹殺されるかも知れません。その時は、仇《かたき》を討ってあげて下さい」

怜は、そこで勢いよく立ち上がって、乱取りの輪の中に入った。

封筒を懐に入れると、中村は更衣室へ入った。

周囲に誰もいないのを確認して、封筒を開いた。

〝セリョン暗殺に関わった罪人たち全てに、以下の文書を送ります〟という冴木のメモ書きが添えてある。

そして封筒と同じ群青色のレターパッドに、白抜き文字が記されていた。

〝我々は、あなたの罪を忘れません。

我々は、あなたの行動を監視しています。

もし、あなたが約束を破り、不正を働いた時は、「タンザナイト文書」を世間に暴露し、必ずあなたを破滅させます。

チーム・タンザナイト〟

（了）

謝辞

本作品を執筆するに当たり、関係者の方々から、様々なご助力を戴きました。

深く感謝申し上げます。

お世話になった方を以下に順不同で記します。

ご協力、本当にありがとうございました。

なお、ご協力戴きながら、ご本人のご希望やお立場を配慮して、お名前を伏せさせて戴いた方もいらっしゃいます。

今村哲夫、南隆、黒田勝弘、名村隆寛、加藤達也、大竹直樹、
オ・クァンキ、ムン・ソラン、ヤン・チャンス、ユン・ヒユク
イム・サンス
中村公子、小西悦子
目黒区ライフル射撃協会、三浦雅功
金澤裕美、柳田京子、花田みちの

【順不同・敬称略】

二〇一九年八月

【主要参考文献・資料一覧】（順不同）

『イラストでわかる障害馬術の基本　障害飛越のテクニックと問題行動への対処』
Jane Wallace、Perry Wood著　土屋毅明、宮田朋典監訳　田村明子訳　緑書房
『イラストでわかるホースコミュニケーション　ウィスパリングとハンドリングと安全に騎乗するための秘訣』
Perry Wood著　宮田朋典監訳　田村明子訳　緑書房
『ハンターシート馬術』ジョージ・H・モリス著　高木伸二訳　恒星社厚生閣
『韓国　反日感情の正体』黒田勝弘著　角川oneテーマ21
『なぜ私は韓国に勝てたか　朴槿恵政権との500日戦争』加藤達也著　産經新聞出版
『警察警備最前線!!』JPOLICE特選ムック　イカロス出版
『JPOLICE Vol.5』イカロスMOOK　イカロス出版
『戦争民営化――10兆円ビジネスの全貌』松本利秋著　祥伝社新書
『ブラックウォーター　世界最強の傭兵企業』ジェレミー・スケイヒル著　益岡賢、塩山花子訳　作品社
『呼吸力の神髄　塩田剛三直伝　合気道養神館研修会vol.1』(DVD)クエスト
『繊細な真実』ジョン・ル・カレ著　加賀山卓朗訳　ハヤカワ文庫NV
※右記に加え、政府刊行物やウェブサイト、ビジネス週刊誌や新聞各紙などの記事も参考にした。

解説

関口苑生（文芸評論家）

本書『トリガー』の初刊単行本に付された帯の惹句《じゃっく》には、作者の言葉としてこんな文言が記されている。曰《いわ》く——

「このジャンルを書きたくて作家になった」
「私たちがどんな世界に生きているか知ってほしい」

という自負と決意の言葉である。

二〇〇四年に『ハゲタカ』でデビューして以来、真山仁は政治や経済を中心とした社会的な問題をテーマにしながら、一貫してエンターテインメントの世界で、小説の面白さと愉《たの》しさを追求し、その奥に潜む物語の凄味《すごみ》を読者に知らしめようと目指してきた。近年の作品でも東京地検特捜部と政治権力中枢部との暗闘を描いた『売国』や『標的』がすぐに思い浮かぶし、同じく『コラプティオ』でも政治家のありようを正面から描いていた。また『バラ色の未来』では日本の統合型リゾート（ＩＲ）をめぐる民間業者の熾烈《しれつ》な闘いと卑劣な行為・思惑を、『黙示』では日本の食と農業の危機を、『オペレーションＺ』では明日にでも国家破綻《はたん》を起こしかねない日本の財政問題を、『神域』ではアルツハイマー病の絶対的治療方法となるかもしれない奇跡の細胞開発をという具合に、彼が描く物語の背後には常に、いまこの現在で日本が抱えている危機的問題が深く横たわっていた。あるいはまた『そして、星の輝く夜がくる』『海は見えるか』『それでも、陽は昇る』『雨に泣いてる』は、阪神《はんしん》・淡路《あわじ》大震災を経験した作者が、東日本大震災後の被災地を真摯《しんし》に見つめて活写した、震災文学の傑作であった。

これらの作品を通して感じることは、難しく書こうと思えばいくらでも〝文学的〟に難しく書ける内容であるにもかかわらず、真山仁の小説にはそんな堅苦しさが一切ないということだ。しかし内容自体は重く、深刻で尋常ならざる題材が圧倒的に多いのだ。逆に言えば、多くの人に読んでもらいたいと願うからこそ、そういった堅苦しいテーマを面白おかしく、肩の凝らないように、なおかつ分かりやすく描いていくのが真山仁の姿勢であった、とそんなふうに思っている。

その基本にあるのは——これも手前勝手な思い込みなのだが——政治思想と経済動向の図式化・娯楽化と、文学的想像力の深層スペクトルという二本の柱ではなかったか。複雑な組成のものを単純化し、見えやすい順に並べていく作業と工夫である。これは言うは易しで、実際にはなかなかできることではない。もともと複雑なものを簡素化するのである。下手な作者だったらまず間違いなく安っぽい作り物に見えてしまうだろう。娯楽という水準にも達しえない代物になりかねないのである。しかし真山仁は違った。

いくつかのインタビュー記事やエッセイなどを読むと、彼は一度書いたもの（たとえば連載小説など）を単行本化する際に、徹底的に手を入れるのだという。

小説というのは、本来自己の内面のある部分部分をそれぞれ拡大し、そこで変容した分身たちによって物語が構成されるものだ。たとえば二、三の人物の対立や葛藤《かっとう》を描くときでも、こちらはAの立場で、次は非Aの立場でという具合に、自分自身を転換させて書くわけだ。譬《たと》えは悪いが、ひとりで将棋や麻雀《マージャン》をしているようなものか。しかも、どの立場の場合であっても真剣であるという態度を示さなければならない。

このときに作者の姿勢として、最初から物語の構図を完結させた状態（プロット、設計図を最後まで作り上げている）で書き始めるのと、書きながら状況に応じて考えていくのとではまったく違う。ましてや真山仁が取り組む題材のほとんどは、政治にしても経済にしても、生き物同然の、日々変化する流体のごとき厄介なものなのだった。

これに関しては古今東西、多くの作家が自分はこうする、こうでなくてはならない……など意見が極端に分かれるところだ。

だが、正直なところ、初めから最後まで見通してしまっていては人は何もする気が起きないのではないか、と個人的には思う。その時々の、設定された立場や状態の混乱に作者自身が心底没入しきって、さあこれからどうしようかという〈無邪気な精神〉こそが、実は構想力の支えとなるのではないかと思っているからだ。そうした無邪気さが物語に迫力と痛快さを生む。

ならば真山仁の場合はどうなのだろう。

小説というか文学は、それが書かれた時代の現実を鮮烈に反映するものである。といって、現実を直接描写しているわけではない。優れた作家は、大は世界のパワーバランス、政治状況から、小は個人的なセックスにいたるまでの矛盾の数々を、とりあえず可能な限り貪欲《どんよく》に呑《の》み込んで、自己の内にそれらの矛盾が特定の役割をはたす力を持つまで培養し成長させるのだという。

一度書いたものを時間をおいて徹底的に手を入れるという真山仁は、おそらく、そのあたりの間合い、呼吸、熟成具合その他諸々《もろもろ》の見極めに優れた人なのだろうと思う。何よりも彼の作品は情報小説の側面もあって、その時々の状況によってあっという間に古くなってしまう種々の情報を、持ち前の取材力を駆使して作品上に結実させている。だが、そのときに是非とも注目していただきたいのは、彼の作品の隠された構成要素として、いつも「裏切り」と「正義」という主題が入っていることだ。これが真山仁の小説の最大の特徴だ。

人間は、情報――ことに損得が絡む情報を取り扱うと、それによって簡単に浮いたり沈んだり、流れたり流されたりするものだ。情報には常に表と裏の面があって、どちらの面が出ても容易に踊らされるのが人間なのである。真山仁は、そういったいかにも「人間らしい」登場人物を描くのが抜群に上手《うま》い。そしてまた人間同士の勝負を決めるやりとりがある中では、事情はともあれ当然のごとく逸脱する者が出てくる。そこには、まあ間違いなく裏切りの要素がつきまとっている。《ハゲタカ》シリーズは、まさにそうした情報の重みや怖さ、有り難みを知り尽くした人間たちが、これを武器として互いの血肉を喰《く》らいあう熾烈なさまが描かれていた。また他の作品でも、政治家や経営者など強い立場の者が情報によって世論操作をするときの思惑、狙いを暴くことで、権力者側のからくりだとかメカニズムの実態、恐ろしさを明らかにしていた。これもまた現実への照射だ。

そんな彼が「このジャンルを書きたくて作家になった」と大見得を切り、自信のほどを見せたのが本書なのである。このジャンルとは、好きで好きで「食べるように」読んできたというスパイ小説、謀略小説の世界であった。

スパイの歴史は限りなく古い。

一説によれば、諜報《ちようほう》活動の歴史はエデンの園にまで遡《さかのぼ》ることが出来るという。悪魔の蛇は、イヴを勧誘するために爬虫類《はちゆうるい》に偽装した敵のエージェントだったというのだ。ほかにもモーゼやヨシュアはスパイマスターだったとしたり、キリストを裏切ったユダはローマ人が用いた内通者だったとする説もある。

これらの話が冗談で済まないのは、かつてＣＩＡが「聖書におけるスパイ活動」というおよそ信じがたい研究を行っていたことでもわかる。それによると、モーゼやヨシュアがカナンの地やエリコの町などで展開した作戦と、そこで放ったスパイたちが帰って報告する際の方法に関して（公開の場で報告させるか、秘密裡《ひみつり》に行うかなど）詳細な分析がなされていたというのだ。

あるいはまた、シリアで発掘された紀元前十八世紀の天日干し粘土板には、スパイを持ち駒として使っていたことが記されている。さらには古代中国や日本の統治者たちは、諜報活動を国政の手段としていた……など、多くの史書をひもといてみても、政治的・軍事的事件の際には密使、密偵が暗躍したことがしばしば言及されている。かのナポレオンにしても、適所に配置したふたりのスパイは、戦場における二万人の精兵に匹敵するとまで言っているのだ。

きわめつけは、一七六八年から一七七一年にかけて刊行された最初の『大英百科事典』だろう。そこにはすでに〝スパイ〟の項目が設けられており、「他国の、特に対抗陣営の側にある国家の動向等を監視すべく雇用された者」と定義され、「スパイ行為が発覚した際には即刻、絞首刑に処せられる」と付け加えられてあった。

かくのごとく、スパイの歴史は古い。

しかしながら、スパイの歴史は古くとも、スパイ小説の歴史となると、それよりもはるかに新しくなる。それを書き始めるときりがなくなるので、ごくごく簡単に紹介すると、近代スパイ小説はドレフュス事件（一八九四〜一九〇六）という一大政治スキャンダルが刺激となって、二十世紀のはじめ、イギリスで生まれた（一八二一年に書かれたアメリカのJ・フェニモア・クーパー『スパイ』や、マーク・トウェインの一部作品などについてはここでは触れない）。

代表的な作品を列記すると、アースキン・チルダーズ『砂洲の謎』（一九〇三）、ジョゼフ・コンラッド『密偵』（一九〇七）、ジョン・バカン『三十九階段』（一九一五）、サマセット・モーム『アシェンデン』（一九二八）などがあり、一九三〇年代に入ってからはエリック・アンブラーやグレアム・グリーンの登場で、いよいよ本格的にスパイ小説の時代が開幕する。

これらの作品は文学的にもそれぞれに重要な作品で、語ろうと思えばいくらでも語れるのだが、中でもコンラッドの『密偵』は、それまで誰も触れることのなかった陰謀、サボタージュ、ダブルスパイ、裏切りなどの暗黒世界が描かれ、その背後にある陰鬱《いんうつ》な状況を浮き彫りにしてみせたことで特筆に値する。余談になるが、CIAの第五代長官だったアレン・ダレスは、自叙伝『諜報の技術』（鹿島研究所出版会）の中で各種スパイ小説をボロクソにけなしながらも、ただひとつ、「私が最も興味あると思う諜報活動に関する文学は、コンラッドの書いたような小説である。つまり、スパイや内通者や裏切り者たちの動機を扱うような話である。自分の国を裏切ってスパイをした人々の中には、イデオロギーに基づくスパイもおれば、陰謀が好きでスパイになった者もいるし、金銭目当てのスパイもおれば、また罠《わな》にかけられたためスパイをする者もいる」と述べている。

まさしく『密偵』に描かれる好色な主人公ヴァーロックは、低俗さを象徴したような人間的な動機でスパイになっていた。ダレスにとっては、そのあたりの倫理的な葛藤を読み込む、最適な古典テキストであったのかもしれない（と同時に、リクルートする際の参考にもしていたかも）。とはいえ、現実のスパイの頭目が認めるほど、よく描けていたということだろう。

しかしそこで思うことは、スパイ小説にはその初期のものからすでに外部の敵と、人間の内部に潜む内なる敵の両方が描かれていた事実だ。これはスパイの歴史の古さ、スパイという存在の古さ、多面性を見事に映し出したものと言えようか。ただし、スパイ小説がもっと広く世間一般に知られるようになり、人気となるのはやはり第二次世界大戦以降だろう。ソビエトという西側陣営共通の、目に見える敵が登場したことが拍車をかけたのだった。それを敏感に捉《とら》えて娯楽作品に仕立てあげ、世界的なベストセラーとなったのがイアン・フレミングの００７シリーズである。また一方で冷戦という現実は、スパイ小説にも多大な影響を与え、ジョン・ル・カレの傑作『寒い国から帰ってきたスパイ』（一九六三）を生む。ここにはフレミングの勧善懲悪の世界とは違う、不条理な諜報活動のメカニズムそのものが敵として主人公の前に立ちはだかっていた。

それから多くのスパイ小説家が登場するのだが、思いっ切り乱暴な言い方をすると、これ以降の冷戦時代におけるスパイ小説は『ロシアから愛をこめて』（一九五七）と『寒い国から帰ってきたスパイ』を両極にして、その間で運動を繰り返してきたと言い切って構わないかもしれない。

そしていま、東西冷戦構造が崩れてからというもの、世界は混沌《こんとん》とした状態に陥っている。もちろん今でも局所的な敵は存在する。しかし単純にあの国が敵だ、このテロ組織が許せないという問題ではなくなっているのだった。

そこに加えて、ＩＴ技術や最新機器の発達と共に、途方もない脅威、怪物が顕在化してきたのである。真山仁はいち早くその存在に注目し、作品化することで警告を与えてきたように思う。

金融――マネーという化け物がそれだ。

こいつには主義も主張も、イデオロギーも思想もない。しかし瞬時に国境を越えることができ、世界中で猛威を振るうのだ。真山仁はこのマネーの恐怖を、ル・カレ『ミッション・ソング』（光文社文庫）の解説で、

「そこに利があれば、怒濤のようにカネが流れる。中央銀行を次々と破綻させたり、世界各地で紛争を煽り、火のないところに煙を呼び込む。大義ではなく欲望が闊歩《かっぽ》し、政府も国際機関も歯止めが利かない。いや、国家さえもが欲望の虜になってしまったのだ」と指摘している。

敵はもはや特定のものではなく、国境を越えて地球的規模で跋扈《ばっこ》する〝グローバリゼーション〟そのものなのだった。そしてマネーと情報は、国境を簡単に越える圧倒的な力を持った武器となり、それまで考えもしなかったビジネスが生まれることになる。

このとんでもない化け物が、本書においても一番深い根っこの部分で横たわっている。ある人物が「全てに於《お》いてマネーを優先し、リスクを取らない為政者が権力を維持するた

めに、かつてスパイと呼ばれた者たちが命がけで守ってきたものを、次々と捨てていく」と物語の後半で語っているが、そこには現実社会の力学がそのままトラジ・コメディ（悲喜劇）となって成立し、常態化する様子が描かれていた。とこれでは先走りしすぎか。

本書の内容を一言で要約すると、これは日・韓・米・北朝鮮が絡む最先端の謀略小説である。以前から日本はスパイ天国と称され、この《トーキョー情報市場》を舞台にして、さまざまな国のスパイたちが暗躍していたといわれる。現在でも先の四つの国に中・ロも加えた、対角線上に重ねられた対立構図による東アジアの秩序体制は、なお一層利害の複雑さを増してきている。このような状況下でのスパイ活動は、国益を守るために必要な情報活動（インテリジェンス）と諜報活動（エスピオナージ）があって、問題となるのはもちろん後者のほうだ。その活動内容は謀略（フレーム・アップ）および破壊工作（サボタージュ）という隠密活動と舞台裏の政治活動、汚れた政治工作である。その中でも最も極端な例が殺人・暗殺なのだが、要するにみな大義ある政治絡みなのだ。ということはつまり、極端に言うとスパイ小説は、同時に政治小説でもあるということになる。

だが、そこに今はマネーという政治もクソもない、大義の欠片《かけら》もない厄介な化け物が進出し、これをビジネスにする連中が表舞台に登場してきたのであった。

本書には、こうしたすべてのスパイ活動が見事に描かれている。しかもエンターテインメントとしての面白さも超弩級《ちょうどきゅう》だ。

舞台は二〇二〇年の東京オリンピック。馬術競技の韓国代表で、大統領の姪《めい》でもある女性検事が五輪直前、二度にわたって凶弾に襲われる。彼女は、ある不正に関する極秘捜査を行っており、襲撃者はそれをやめるようにと脅し、警告したものと思われた。彼女はそれに屈することなく競技に臨もうとする。滞在中は日韓の警察が協力して警護にあたる。

また一方で、在日米軍の女性将校がホテルで惨殺され、北朝鮮の工作員三人が相次いで不審死するという事件が発生する。この事件に対して、国家安全保障会議（ＮＳＣ）から調査を依頼された元内閣情報調査室長は、ひそかに北朝鮮潜入工作員の元締めと接触し、水面下で共同戦線を張ることに。

そんな緊張感をはらみながら、七月二十四日、ついにオリンピックが開幕。はたして馬術競技会場では厳重な警備体制が敷かれていたにもかかわらず、一発の銃弾が放たれた。

スパイ小説の筋を紹介するのは、作者にも読者にも失礼だと言ったのは開高健《かいこうたけし》だった。だが本作は登場人物の多さと人間関係の複雑さに加え、次から次へと目まぐるしく語り手の視点が変わっていき、およそ予想もつかない衝撃の展開が続いていく。これから一体何が始まるのか、どんな事態が待っているのか、まったく先が読めないのだ。しかしこれが実に心地よい。まさに物語の迷宮に連れ込まれていく気持ちになるのだった。

また真山仁は小憎らしいことにその合間合間に、小さなトリビア・ネタを挟んでいくことでスパイ小説ファンの心を摑《つか》んでいく。たとえば、冒頭場面で女性検事キム・セリョンが手にしていた本は、ジョン・ル・カレの『繊細な真実』で、これは巻末の参考文献にも載っている。もう一冊の古びた英字のペーパーバック、パール・S・バックの“Command the Morning”は、本国では一九五九年に出版され、日本では約五十年後の二〇〇七年に刊行された『神の火を制御せよ　原爆をつくった人びと』（径書房）のことだ。原爆製造のマンハッタン計画に携わった科学者たちの開発状況と苦悩、葛藤《かっとう》、恋愛、夫婦の確執、被爆、暗躍するスパイなどの模様が描かれている。ちなみに、バック女史には「敵は家のなかに」という、中国人青年の日本軍に対するスパイ活動を描いた短編もある。

それから、北朝鮮工作員の元締めが〝眠りネズミ〟とランデブーしたときに入った映画館で上映していたのは、二〇一二年に封切られた英国スパイ映画の続編ということだが、当然これは本書が書かれた時点ではまだ製作されていない。ただし二〇一二年の映画というのは『裏切りのサーカス』で、原作はジョン・ル・カレ『ティンカー、テイラー、ソルジャー、スパイ』である。すると続編は『スクールボーイ閣下』か『スマイリーと仲間たち』か。まさか一挙に時間をとんで、世紀を跨《また》いだ続編『スパイたちの遺産』ということはないだろう。ともあれスクリーンから〝ピーター〟という若手情報部員を呼ぶ声が聞こえたというんだから、ピーター・ギラムのことだと思われる。

また警備部の藤田陽介巡査部長と捜査一課の望月礼子巡査部長が、狙撃犯の技量について会話しているときに出てくるボブ・リー・スワガーとは、スティーヴン・ハンター『極大射程』（扶桑社ミステリー）を初めとするシリーズの主人公の、天才的なスナイパーのことである。

あとひとつ。本書の中で日本の内閣総理大臣が、韓国との関係や事件の対応についてある決断をするのだが、その模様が「歴史的瞬間」という、文庫で三ページほどの掌編（『プライド』新潮文庫に所収）を思い出させて笑った。日本の総理は、決して自分で判断してはいけないのだ。

ああ、まだほかにも書きたいことはいくらでもあるのだが、さすがにちょっと長くなりすぎてしまった。

それにしても、改めて思うのは、ここに描かれた物語の凄味《すごみ》と奥深さだ。

スパイ――ｓｐｙという言葉は、もともとは「見る」「見つける」という意味である。鬼ごっこで隠れた子を探しあてると、鬼は「アイ・スパイ」つまり「見いつけた」というのだ（もちろん、スリーパーを発見したときも同様だ）。スパイは主として物事の背後にある秘密を探り、他人の心の秘密を解こうとする。「見」ようとする。そのときスパイの心の中には愛、憎悪、欲、虚無、絶望、嫉妬《しっと》、喜び、勝利感、屈辱、整然たる論理の快感、逆説、演技本能の満足感、恐怖……とそれはもういくつもの感情が渦巻いている。スパイは人間の精神の実験室というか、人間の精神の黒いエッセンスと言ってもよい。多かれ少なかれ、誰もが誰かを「見」ようとする。そして「見る」ことは一生続くのだ。そういう人間の存在の内にスパイが生まれる。

そんなふうに生まれたスパイたちが、個人として組織の中に組み込まれ、国家のために働き、最終的に何を得るのか。一体何を「見る」のか。

それはとりもなおさず、私たちがどんな世界に生きているのかということに繋《つな》がるのだが――作者・真山仁は、本書に描かれる凄《すさ》まじい物語を通してそのことを確かに伝えようとしている。

本書は、二〇一九年八月に小社より刊行された単行本を加筆修正のうえ、文庫化したものです。

この物語はフィクションです。登場する個人・団体等はフィクションであり、現実とは一切関係がありません。

トリガー　下

真山《まやま》 仁《じん》

令和3年 3月25日　初版発行

発行者●堀内大示

発行●株式会社KADOKAWA
〒102-8177　東京都千代田区富士見2-13-3
電話　0570-002-301(ナビダイヤル)

角川文庫 22591

印刷所●株式会社暁印刷
製本所●株式会社ビルディング・ブックセンター

表紙画●和田三造

●お問い合わせ
https://www.kadokawa.co.jp/（「お問い合わせ」へお進みください）
※内容によっては、お答えできない場合があります。
※サポートは日本国内のみとさせていただきます。
※Japanese text only

ISBN 978-4-04-109426-6　C0193

角川文庫発刊に際して

角川源義

第二次世界大戦の敗北は、軍事力の敗北であった以上に、私たちの若い文化力の敗退であった。私たちの文化が戦争に対して如何に無力であり、単なるあだ花に過ぎなかったかを、私たちは身を以て体験し痛感した。西洋近代文化の摂取にとって、明治以後八十年の歳月は決して短かすぎたとは言えない。にもかかわらず、近代文化の伝統を確立し、自由な批判と柔軟な良識に富む文化層として自らを形成することに私たちは失敗して来た。そしてこれは、各層への文化の普及滲透を任務とする出版人の責任でもあった。

一九四五年以来、私たちは再び振出しに戻り、第一歩から踏み出すことを余儀なくされた。これは大きな不幸ではあるが、反面、これまでの混沌・未熟・歪曲の中にあった我が国の文化に秩序と確たる基礎を齎らすためには絶好の機会でもある。角川書店は、このような祖国の文化的危機にあたり、微力をも顧みず再建の礎石たるべき抱負と決意とをもって出発したが、ここに創立以来の念願を果すべく角川文庫を発刊する。これまで刊行されたあらゆる全集叢書文庫類の長所と短所とを検討し、古今東西の不朽の典籍を、良心的編集のもとに、廉価に、そして書架にふさわしい美本として、多くのひとびとに提供しようとする。しかし私たちは徒らに百科全書的な知識のジレッタントを作ることを目的とせず、あくまで祖国の文化に秩序と再建への道を示し、この文庫を角川書店の栄ある事業として、今後永久に継続発展せしめ、学芸と教養との殿堂として大成せんことを期したい。多くの読書子の愛情ある忠言と支持とによって、この希望と抱負とを完遂せしめられんことを願う。

一九四九年五月三日